국어 교과서 작품 읽기

전면 개정판 100% 활용북

중1

창비
Changbi Publishers

국어 교과서 작품 읽기: 중1 100% 활용북

펴낸이 · 염종선
책임편집 · 이현선
조판 · 권은경
펴낸곳 · (주)창비
등록 · 1986년 8월 5일 제85호
주소 · 10881 경기도 파주시 회동길 184
전화 · 031-955-3333
팩시밀리 · 영업 031-955-3399 편집 031-955-3400
홈페이지 · www.changbi.com
전자우편 · ya@changbi.com

우리는 학교에서 여러 과목을 공부합니다. 과목마다 학습 방법도 재미도 다르지만, 한 가지 공통점이 있다면 모두 우리말, 우리글로 이루어진다는 점입니다. 달리 말해 국어 공부가 바탕이 되지 않으면 다른 과목이 더 어렵게 느껴질 수도 있지요. 더욱이 국어는 학교에서 배워야 하는 공부의 대상일 뿐 아니라 우리 삶 곳곳에서 쓰이는 소통의 도구입니다. 따라서 국어를 익히는 과정은 세상과 소통하는 법을 배우며 한 인간으로서 성장하는 과정이기도 합니다.

'국어 교과서 작품 읽기'는 2010년 출간된 이래 수많은 학생들과 학부모, 선생님들에게서 큰 관심과 사랑을 받아 왔습니다. 이전까지 한 권이던 국정 국어 교과서에서 여러 권의 검정 국어 교과서로 바뀌면서, 변화에 발맞추어 다종의 국어 교과서에 실린 문학 작품을 갈래별로 가려 뽑아 재구성해 다채로운 작품을 접할 수 있게 한 시리즈입니다. 초판 이후 2013년에 새로운 교육 과정에 맞추어 개정판을 냈으며, 이번에 다시 한번 개정된 교육 과정에 맞추어 2018년 새 국어 교과서 9종에 대비하는 개정판을 내게 되었습니다. 확 달라진 교육 과정에 맞춤한 '전면 개정판'입니다.

2018년 중학교 1학년과 고등학교부터 적용되는 '2015 개정 교육 과정'은 학생이 자신과 세계를 이해하고 공동체의 구성원으로 소통하는 법을 배울 수 있도록 국어 교과 역량을 기르는 것을 강조합니다. 의사소통, 자료 정보 활용, 자기 성찰 계발, 비판적·창의적 사고, 문화 향유, 공동체 대인관계 등의 능력을 키우는 일이 중요해집니다.

이를 위해 과목을 넘나드는 창의 융합 활동이 제시되고, 학습량을 20퍼센트 가까이 줄이는 대신 학습의 질을 높였습니다. 국어 교과서에서도 문학 작품을 인문, 과학 영역과 접목해 통합적으로 읽고 생각하기를 권장하고 있습니다.

이번 '국어 교과서 작품 읽기'는 이처럼 문학 작품 독해의 질을 높이고 국어 능력을 강조하는 교육 과정의 큰 변화에 발맞추어 전면 개정한 것입니다. 이 시리즈는 문학 작품을 읽어 가면서 느낀 재미와 감동을 확인하고 스스로 생각하는 힘을 기르는 데 도움을 줄 것입니다.

차례

중1
시

「나는 지금 꽃이다」

▶ 내가 지금 꽃이라면 어떤 꽃 되고 싶은가요, 그 꽃 이름을 한번 써 보고 왜 그 꽃이 되고 싶은지도 써 볼까요?

저는 장미꽃이 되고 싶습니다. 마음에 안 드는 나비가 날아오면 가시를 보여 주면서 다가오지 말라고 할 수 있을 테니까요. 아 뭐지. 나, 사춘기 온 거 맞나 봐.

「별처럼 꽃처럼」

| 22쪽 |

▶ 비슷한 성질이나 모양을 가진 두 대상을 'A는 B다.'라는 형식으로 표현하는 것을 은유법이라고 하지요. 「별처럼 꽃처럼」에서 '너희들은 영원히 빛나는 별밭(꽃밭)이다.'도 은유적인 표현입니다. 여러분의 교실과 친구들의 모습을 은유적으로 표현해 봅시다.

예1)

교실은 조화로운 피아노밭이다.
곱디곱게 울려 퍼지는 너희들의 목소리
건반 한 칸의 열정
건반 한 칸의 의지
건반 한 칸의 우정

예2)

교실은 망울진 여드름밭이다.
봉긋봉긋 톡톡 너희들의 얼굴
여드름 하나의 추억
여드름 하나의 고뇌
여드름 하나의 숨과 땀

「포근한 봄」

| 25쪽 |

▶ 「포근한 봄」에서는 봄눈이 담장 위에도 나무 위에도 마당 위에도 쌓이고 있는데요. 그곳들 말고 또 어디에 봄눈이 쌓이고 있을까요? 우리 모두 시인이 되어 멋지게 상상해 써 보기로 해요.

(운동장) 위에 쌓이는 봄눈
(지붕) 위에 쌓이는 봄눈
(창틀) 위에 쌓이는 봄눈
창틀, 헌 신발, 화단, 자동차, 강가, 먼 산, 먼 바다……

「소나기」 | 28쪽 |

▶ 학교에서 생활하다 보면 언짢은 경우도 있지만 춤을 추는 것처럼 하나가 되어 행복감을 맛볼 때도 있을 것입니다. 친구들(또는 선생님)과 함께 하나가 되었던 경험을 생각해 보고 어떤 일이었는지 말해 봅시다.

5월 10일 체육 대회가 열리던 날, 우리 반은 줄다리기 예선을 어렵게 통과하고 결승을 기다리고 있었다. 선생님은 목청이 터져라 '여~영차!'를 외치며 온몸으로 응원을 하셨고, 우리 반 36명은 온 힘을 다해 밧줄을 당겼다. 심판이 호루라기를 불기 바로 전, 우리 반 친구들은 뒤로 넘어지고 포개어지고 손이 까지는 등 육체적으로 무척 힘들었지만 꿋꿋이 버텼다. 그리고 이겼다! 줄다리기 우승의 기쁨은 육체적 아픔을 넘어설 만큼 기쁘고 즐거운 경험이었다. 우리 반 모두가 하나가 되었던 체육 대회! 운동장에서 춤을 추고 싶을 만큼 모두가 행복한 날이었다.

「참 힘센 말」 | 30쪽 |

▶ "말은/힘이 세지./정말 힘이 세지." 내게 있어 가장 '힘센 말'은 뭘까요? 무슨 말을 들으면 불끈불끈 힘이 날까요? 요즘 들어 내가 가장 듣고 싶은 말을 간단한 이유와 함께 적어 볼까요?

내가 가장 듣고 싶은 말: 넌 최고야! 넌 정말 대단해! 넌 아주 멋져! 나는 네가 좋아!

이유: 힘들지만 공부를 열심히 하고 있으니까. 따돌림당하는 친구를 도와주고 싶어서. 난 원래 좀 멋지니까. 내가 좋아하는 애가 생겼으니까.

▶ 「봄」은 『세상에 하나뿐인 디카 시』라는 시집에 실린 시로, 영상과 문자(5행 이내)가 반반씩 어우러질 때 한 편의 '디카 시'가 완성된다고 합니다. 여러분도 자신이 표현하고자 하는 대상(상황)을 사진으로 찍은 후, 디카 시로 표현해 봅시다.

빨래하는 선생님

우리 학교 앞마당에
웬 빨래 건조대

번호 새긴 주황 조끼
바람에 살랑살랑

우락부락 체육 선생님
무서운 줄만 알았는데

아이쿠나, 이제 보니
우렁이 색시였구나.

▶ 나는 무얼 하고 있을 때 '꽃' 같은 모습일까요? 미친 듯이 공부할 때라고요? 에이, 거짓말. 뭐, 치킨 먹을 때요? 급식 먹을 때요? 주로 먹는 걸 할 때 꽃이 되는군요. 그 무엇이든 좋습니다. 나는 무얼 할 때 눈부신 꽃이 되는지 신나게 써 보기로 해요.

내가 꽃처럼 눈부시게 피어날 때: 콜라와 함께 피자를 먹을 때, 좋아하는 웹툰을 볼 때, 좋아하는 아이돌 그룹의 노래를 들을 때, 배우고 싶었던 드럼을 배울 때…….

「유년의 날」 | 36쪽 |

▶ 「유년의 날」의 1연을 표준어로 바꾼 시를 읽고, 경상도 사투리를 썼을 때와 비교하여 느낌을
말해 봅시다.

또랑 가에 버들강생이	개울가에 버들강아지
몽오리 부풀더이	몽우리 부풀더니
참꽃 개꽃 뒤를 이어	진달래 철쭉 뒤를 이어
복사꽃도 필락칸다	복숭아꽃도 피려 한다.

표준어로 바꾼 시는 시의 내용을 파악하기가 쉬우나 자연의 변화를 비교적 평범하게 느끼게 한
다. 반면 방언을 사용하여 쓴 시는 내용 파악에 어려운 면도 있지만, 경상도 지역의 방언이 주는
지방색과 향토성을 느끼게 하고 독자에게 친근감과 정겨움을 준다. 그런 점에서 시를 읽는 재미
를 한층 높여 준다.

「동행」 | 41쪽 |

▶ 강아지나 고양이 같은 동물을 좋아하는 친구들 많을 텐데요. 동물 입장이 되어 동물이 나
에게 무슨 말을 하고 싶어 하는지 세 줄 내외로 말해 볼까요?

나는 네가 학교 갔다 오다가 길모퉁이에서 보았던 참새 참참이야. 그래 맞아, 개나리 울타리에
앉아 재잘대고 있던 그 참새. 그때 네가 이유 없이 날 잡는 시늉을 하며 쫓아오기까지 해서 얼마
나 놀랐는지 몰라. 모르는 사람이 널 잡으러 쫓아오면 어떻겠어? 다음부터는 절대 그렇게 하지
않으면 좋겠어. 참참.

「허락된 과식」 | 43쪽 |

▶ 「허락된 과식」의 화자처럼 '먹어도 먹어도 배부르지 않은 햇빛'과 같은 것을 자신의 삶에서 찾아보고 그 이유를 써 봅시다.

- 나에게 햇빛 같은 존재는 바로 부모님의 사랑이다. 아무리 많이 받아도 또 받고 싶은 것이며, 아무리 내가 많이 먹고 또 먹어도 늘 남아 있기 때문이다.
- 우리 할머니의 이야기 소리다. 아주 어렸을 때부터 할머니께서는 내게 많은 이야기를 해 주셨다. 아침에 일어나서부터 밤에 잠들 때까지, 들어도 들어도 또 듣고 싶을 정도로 재미있었다. 할머니의 이야기는 이야기 보따리 속에 늘 남아도는 신기한 것이었다.

「봄은 고양이로다」 | 45쪽 |

▶ 시인은 봄을 고양이로 봤는데요. 봄을 고양이 말고 다른 동물로 볼 수도 있겠지요. 내가 보기에 봄은 어떤 동물 같은지 예문처럼 한번 써 볼까요?

〔예문〕 봄은 '하마'로다. 왜 그러냐 하면 봄에는 입을 크게 벌리고 자꾸 하품을 하게 되니까.
봄은 '카멜레온'이로다. 왜 그러냐 하면 봄 풍경은 수시로 바뀐 모습을 보여 주니까.

「묏버들 가려 꺾어」 | 47쪽 |

▶ 추상적인 사물이나 관념 또는 사상을 구체적인 사물로 나타내는 방법을 '상징'이라 하지요. 「묏버들 가려 꺾어」에서 '묏버들'이 상징하는 것이 무엇인지 말해 봅시다.

화자는 '묏버들'을 통해 임에 대한 자신의 사랑과 정성을 나타내고 있다. 또한 '묏버들'은 이별의 징표이면서도 임을 그리워하는 화자 자신의 분신 같은 존재이며, 임이 자신을 잊지 않기를 바라는 간절한 마음이 담긴 사물이다.

「빗방울2」 | 50쪽 |

▶ 시인은 '물방울 놀이터'에서 노는 빗방울의 모습을 시로 그렸는데요. 우리는 '빗방울'을 '함박눈'으로 바꿔서 모방 시를 한 편 써 볼까요?

척척/달라붙는다//오들오들/떨다가//스르륵/잠이 든다//에이취/감기//눈 오는 날/차 창문은//우리 반 교실

「나무들의 목욕」 | 52쪽 |

▶ 「나무들의 목욕」에서 '씨앗 마중'이란 무슨 뜻일지 생각해 보고, 여러분이 지금 간절히 마중하고 싶은 것은 무엇인지 말해 봅시다.

나무는 아름다운 꽃이 지고 난 후, 열매를 맺는다. 열매를 맺는다는 것은 종족을 보존하기 위한 것으로 자연을 순환하게 하는 중요한 일이다. 씨앗 마중은 꽃이 진 자리에 비로소 맺는 열매를, 정성스럽게 맞이하는 일이다. 또 새로운 생명을 맞이하는 것이다. 나는 겨울 방학 동안 태권도 훈련을 열심히 해서, 다음 승급 심사에서 꼭 검은 띠를 마중하고 싶다.

「동해 바다」 | 54쪽 |

▶ 여러분도 누군가가 미워질 때가 있었을 텐데요. 내가 어떤 행동이나 말을 할 때 친구는 나를 미워할까요? 짧은 글로 써 보기로 해요.

친구가 나한테 수학 문제 푸는 법을 물어봤는데 내가 친구 책을 팔로 툭 치면서, "아, 귀찮아 죽겠네. 야, 너는 그것도 못 푸냐?" 하고 잘난 척을 한 적이 있다. 생각해 보니 얼떨결에 자존심이 상한 친구는 나를 두고두고 미워했을 것 같다.

「해비」　　　　　　　　　　　　　　　　　　　　　　　　　| 56쪽 |

▶ 「해비」는 표현하고자 하는 대상을 다른 대상에 빗대어 시의 느낌을 잘 살려 내고 있습니다. 표현하고자 하는 대상과 빗대어 표현한 대상을 각각 찾아보고, 서로 유사점이 무엇인지 써 봅시다.

표현하고자 하는 대상	빗대어 표현한 대상	유사점
해비	아씨	수줍은 듯 잠시 나타났다 금방 숨어 버림
(아이들)	옥수수대	위로 쑥쑥 크게 자람
무지개	하늘 다리	넓은 하늘 위에 떠서 양쪽을 잇는 느낌을 줌

「여우비」　　　　　　　　　　　　　　　　　　　　　　　　| 58쪽 |

▶ 여러분은 비를 맞아 본 적이 한 번쯤은 있겠지요? 그때 내가 맞았던 비는 어떤 비였을까요? 우리말에는 비의 종류가 참 많기도 한데요. 아래의 몇 가지 비는 어떤 비인지 사전을 찾아 가며 알아보기로 해요.

　　단비 : 꼭 필요로 하는 때에 적절하게 내리는 비.
　　안개비 : 가는 빗줄기가 안개처럼 내리는 비.
　　작달비 : 장대처럼 굵고 세차게 내리는 비. 장대비라고도 함.
　　모종비 : 모종하기 알맞은 시기에 오는 비.

「선풍기 바람」 | 60쪽 |

▶ 하상욱 시인은 시를 쓸 때 제목을 정해 놓은 후 퍼즐 맞추기 식으로 시의 내용을 채워 나가면서 썼다고 합니다. 집어넣었다가 뺐다를 반복하면서요. 여러분도 SNS 시인이 되어 시를 써 봅시다.

얼마 전까지
넌 쉼 없이 일만 했지.

하지만 요즘
넌 하릴없이 잠만 자지.
—○○○의 '선풍기'—

「감자밥」 | 62쪽 |

▶ 「감자밥」에서 감자밥이 먹기 싫어서 어머니와 싸우고는 했다는 점이 안타깝기만 한데요. 우리 친구들은 어떤 이유로 엄마나 아빠 같은 어른과 다퉈 봤나요? 가장 기억에 남는 것 한 가지씩만 써 보기로 해요.

엄마가 전교 1등 한다는 엄마 친구 딸과 나를 비교해서 엄청 말대꾸하며 다퉈 봤다.

휴대폰을 조금밖에 안 만졌는데 맨날 휴대폰만 한다며 아빠가 내 휴대폰을 뺏어 가서 다퉈 봤다.

나는 할머니랑 사는데 할머니가 쉬지도 않고 일만 하려고 해서 일 좀 그만하시라고 말하며 다퉈 봤다.

「풀잎에도 상처가 있다」 | 64쪽 |

▶ 「풀잎에도 상처가 있다」에서 화자는 '풀잎(꽃잎)'을 사람처럼 대하면서 상처 많은 풀잎(꽃잎)을 삶과 연관 짓고 있습니다. 마지막 부분에서 "상처 많은 꽃잎들이/가장 향기롭다"라고 한 이유는 무엇일까요?

> 상처란 사람이 살아가면서 겪는 아픔이나 고통, 어려움 등을 말한다. 이런 상처는 그 사람의 내면을 성찰하게 하고, 더 강인하게 만든다. 결국 '상처 많은 꽃잎들이/가장 향기롭다'라는 것은 상처를 통해 더욱 크게 성숙한다는 뜻이다.

「북」 | 66쪽 |

▶ 여러분도 두근두근, 마음이 설레어 여느 때보다도 더 심장이 '쿵 쿵 쿵' 뛰던 경험이 있을 텐데요. 지금껏 살아오면서 언제 가슴이 가장 뛰었지요? '쿵 쿵 쿵'이라는 말을 넣어서 짧은 글로 써 볼까요?

> 중학교 1학년이 되던 첫날에 가슴이 가장 '쿵 쿵 쿵' 뛰었던 것 같다. 버스에 탈 때부터 딱 마음에 드는 남자애가 있었는데, 그 남자애가 우리 학교 앞에서 내리는 거였다. 화장실에 들렀다가 교실로 들어갔는데, 어머! 그 남자애가 우리 반이었다.

「교실」 | 68쪽 |

▶ 「교실」에서 '빅뱅 이전의 숨죽인 우주'와 시인이 말한 교실 속 아이들은 어떤 점이 유사한지, 시와 감상 길잡이를 읽고 정리해 봅시다.

> 내적으로 끊임없이 변화하며 계속 성장하고 있다.
> 무수한 가능성을 품고 있어 그 가치는 측정할 수 없을 정도로 크다.
> 갈피를 잡을 수 없을 정도로 혼란스럽지만, 그 속에는 에너지가 가득 차 있고 신비스럽다.

「수박끼리」 | 70쪽 |

▶「수박끼리」에 나오는 동생 수박과 형님 수박에게 해 주고 싶은 말 한마디를 써 볼까요?

"잘 가라, 수박!" "화장실에서 다시 만나자, 수박!" "미안하지만 내가 지금 너무 덥구나!"

「이 바쁜 때 웬 설사」 | 72쪽 |

▶「이 바쁜 때 웬 설사」의 시적 화자와 같이 자신이 몹시 당황스럽고 난감한 상황에 놓였던 때를 떠올려 보세요. 시행마다 '~지요'를 넣어 입말이 살아나게 한 편의 시를 써 봅시다.

지각하던 날

학교는 가야지요
늦잠은 잤지요
숙제는 못했지요
머리는 새둥지처럼 헝클어졌지요
신고 나온 신발은 짝짝이지요
땅~ 땅~ 교문 들어서는데 9시 종 치지요

시험 보는데 웬 설사

시험 시작종은 치지요
감독 선생님은 들어오지요
배는 살살 아파오지요
모르는 문제는 많지요
OMR 답안지는 자꾸 틀리지요
남은 시간은 얼마 안 되지요

「바람이 들렀던 집」 | 74쪽 |

▶ 아래에 나오는 표준어 옆에 「바람이 들렀던 집」에 나오는 방언(사투리)을 찾아 써 보면서 말맛을 좀 느껴 볼까요?

· 모퉁이 → (모탱이)   · 냉이 → (나싱개)   · 부추 → (정구지)
· 감나무 → (감낭구)   · 벽 → (벼름박)   · 소쿠리 → (소쿠데미)

「오—매 단풍 들겄네」

▶ 「오—매 단풍 들겄네」는 전라도 말씨가 물씬 나는 시입니다. 이 시에 반복적으로 쓰인 '오—매 단풍 들겄네'를 표준어로 바꾸어 써 보고 느낌이 어떻게 달라지는지 말해 봅시다.

"어머나 단풍 들었네"
장독대에 붉은 감잎 날아와
누이는 놀란 듯이 쳐다보며
"어머나 단풍 들었네"

추석이 내일모레 기다리리
바람이 잦어서 걱정이리
누이의 마음아 나를 보아라
"어머나 단풍 들었네"

표준어로 바꾸어 표현하면 내용이 더 쉽게 파악되고 세련되어 보인다. 하지만 사투리가 들어가 있는 시는 전라도 지방이라는 시의 공간적 배경을 알게 하고 향토성을 더 진하게 느끼게 한다. 또 구수한 사투리가 주는 재미와 친근감을 느낄 수 있다.

「성장」

▶ 우리는 어떤 모습으로 성장해 갈까요? 두렵기도 하고 설레기도 할 텐데요. 엄마 아빠같이 나를 키워 주시는 분은 내가 어떤 모습으로 커 가기를 바랄지 두세 줄 정도의 짧은 글로 써 보기로 해요.

나는 할머니랑 같이 사는데 할머니는 내가 말도 잘 듣고 공부도 잘하기를 바란다. 얼른 커서 돈도 벌라고 한다. 하지만 나는 할머니한테 툭하면 말대꾸도 하면서 공부도 별로 안한다. 얼른 꿈을 정해서 앞으로는 말대답도 안하고 공부도 열심히 해야겠다.

▶ 여러분의 교실에서 보이는 바깥 모습은 어떤가요? '(   )가 보이는 교실'이라고 제목을 붙인 후, 한 편의 시를 써 봅시다.

모후산이 보이는 교실

아지랑이 살살 오르는
나른한 봄 오교시

창 너머로 얼굴 돌린 내 짝
'너 또 딴짓이구나' 곁눈질하는데

어머나, 깜짝 놀랄 일
바람 따라 흩날리는 산벚꽃 세상에
오던 잠도 훌훌 달아나 버렸다.

▶「고래를 위하여」에서 시인은 마음속에 고래 한 마리 키우자고 했는데요. 여러분 마음속에도 푸른 바다의 고래 같은 꿈이 하나쯤은 있겠지요? 내 꿈은 무엇이고 나는 왜 그 꿈을 꿈꾸는지도 한번 써 보기로 해요.

내 꿈은 웹툰 작가가 되는 거다. 처음엔 그냥 친구가 별로 없어서 웹툰 보는 걸 좋아했는데, 웹툰을 따라 그리다보니까 기분도 좋아지고 실력도 꽤 늘었다. 그래서 나처럼 친구가 별로 없는 사람을 위해 기분 좋아지는 웹툰을 그리는 멋진 작가가 되기로 했다. 헤헤!

「서시」 | 86쪽 |

▶「서시」는 시인이 살아가고자 하는 삶의 자세를 노래한 시입니다. 여러분은 지금 자신이 처한 상황 속에서 삶을 어떤 자세로 살아갈 것인지 생각해 봅시다.

과학에 관심이 많던 나는 틈만 나면 과학 관련 책을 보면서 과학자의 꿈을 키웠다. 주말이면 아버지랑 인근 과학관에 가서 체험도 하고 실험한 내용으로 토론도 하며 즐거운 시간을 보냈다. 하지만 초등학교 6학년 겨울에 아버지께서 갑자기 교통사고로 돌아가시고, 어머니와 우리 남매만 남게 되었다. 아버지 없이 겨울을 보내고 갑자기 중학교 1학년이 된 지금, 난 아직도 아버지의 모습을 그리며 어머니나 동생 몰래 울고는 한다.

윤동주 시인의 서시를 읽으면서 아버지 생각이 참 많이 났다. 나한테 주어진 길이 무엇일까 고민하다가, 아버지랑 과학자가 되기로 약속했던 일이 생각났다. 아버지가 없음을 한탄하고 슬퍼하기보다 아버지랑 약속한 내 꿈을 위해 열심히 노력하며 하루하루를 보내고 싶다. 아직도 아버지가 없는 허전함 속에서 살고 있지만, 내 꿈을 향해 한 걸음 한 걸음 나아가고 싶다.

「산마을엔 보름달이 뜨잖니」 | 88쪽 |

▶ 우리는 흔히 보름달을 '쟁반같이 둥근달'이라고 하는데요. 모두가 달을 보고 쟁반을 떠올린다면 얼마나 재미없을까요. 자, 여러분은 보름달이 무엇처럼 보이나요? 쟁반만 빼놓고 둥근 것이라면 무엇을 써도 좋습니다.

콧구멍, 눈동자, 전구, 구멍, 렌즈, 동전, 컵, 우물, 도넛, 튜브, 귤, 병뚜껑……

「유성」 | 90쪽 |

▶「유성」에서 유성을 비유적으로 표현한 시구는 무엇이며, 비유적 표현이 주는 효과에 대해 써 봅시다.

비유적으로 표현한 시구 : 빗나간 야구공

비유적 표현이 주는 효과 : 멀리 떨어지는 유성의 모습을 구체적이고 선명하게 하여 참신하고 생생한 느낌을 준다. 상상력을 자극하여 시를 읽는 재미를 준다.

「떨어져도 튀는 공처럼」 | 92쪽 |

▶ 생활을 하다 보면 힘든 순간이 누구한테든 오는 것 같은데요. 내게 있어 가장 견디기 힘든 순간은 어느 때였을까요? 가만히 떠올려 보면서 그때 했던 생각을 두세 줄 정도로 적어 보기로 해요.

삼 주 전쯤 일이다. 술을 마시고 늦게 들어온 아빠와 왜 이제야 들어오냐고 따지던 엄마가 대판 싸운 적이 있다. 그때 나는 싸움을 말리다가 괜히 혼나기만 했는데, 그때는 정말 문을 열고 그 어디로든 도망치고 싶었다. 엄마 아빠가 다시는 싸움을 하지 않으면 좋겠다.

「가을볕」 | 94쪽 |

▶ 가을볕을 직접 온몸으로 쬐어 보면서, 자신의 등에 닿은 가을볕의 느낌을 말해 봅시다.

급식실에서 점심을 먹고 친구랑 교정을 걸어가는데, 가을볕이 내 등에 내리쬐었다. 가을 바람이 살랑살랑 불어오는 날이라, 등에 내리쬐는 가을볕이 더욱 따뜻하고 포근하게 느껴졌다. 엄마가 등 뒤에서 날 꼭 안아 주는 느낌이었다. 토닥토닥 힘내라고 등을 만져 주시는 것 같기도 하고, 오후 내내 교실에 안 들어가고 계속 가을볕 아래 서 있고 싶었다.

「그 한마디 말」 | 96쪽 |

▶ 엄마, 아빠, 혹은 선생님이나 친구에게 힘 나는 한마디 말을 해 주세요.

"엄마, 사랑해요!" "아빠, 속 썩여서 미안해요!" "선생님, 고마워요!" "넌 세상에서 제일 좋은 친구야!"…….

「팽나무 식구」 | 98쪽 |

▶ 「팽나무 식구」에서 팽나무가 제 식구들을 데리고 사라진 후의 이야기를 상상하여 써 봅시다.

어두워지자 팽나무는 언제나 그렇듯이 식구들과 하루 종일 보고 들은 이야기를 시작한다. 집 잃은 멧새 부부가 팽나무 꼭대기에 새로 이사를 와 둥지를 틀었다는 이야기, 김씨 할아버지네 누렁이가 새끼를 아홉 마리나 낳았다고 바람이 일러 준 이야기, 저 언덕 너머 산밭에는 배추가 튼실하게 크고 콩들이 톡톡 잘도 익어 간다는 흙덩이 이야기, 먼 곳에 사는 손주 녀석 보고 싶을 때면 지팡이 짚고 팽나무 한번 휘 돌며 눈물 훔치는 할머니 이야기…… 새로 이사 온 멧새도, 볕이 튼 어린 새도 팽나무의 이야기를 자장가처럼 들으며 깊은 잠 속으로 빠져든다.

「품사 다시 읽기」 | 100쪽 |

▶ 우리의 이름은 고유하니까 당연히 고유 명사인데요. 이름을 생각하다 보면 떠오르는 사람이 있을 거예요. 지금 그 사람의 이름을 한번 불러 볼까요. 왜 그 사람 이름을 불러 보고 싶었는지도 생각해 보면서요.

떠오르는 이름 : 준희, 가연이, 동진이, 도연이, 동수, 김동철, 이민우……
생각나는 이유 : 초등학교 1학년 때 단짝이어서. 출장 간 아빠가 보고 싶어서. 우리 국어 선생님인데 내가 제일 좋아하는 선생님이어서. 중학교에 와서 처음 사귄 친구여서……

「오우가」 | 103쪽 |

▶ 여러분이 생각하는 다섯 가지 벗은 무엇인가요? 윤선도처럼 가까이하고 싶은 자연물이나 사물을 하나만 예로 들어 모방 시를 써 봅시다.

나의 다섯 가지 벗은 농구공, 달, 베개, 휴대 전화, 집에 가는 길이다. 그 가운데 가장 가까이 하고 싶은 벗은 달이다.

달

학원 갔다 돌아오는 늦은 밤 깜깜한 밤
덩그러니 혼자 걷는 쓸쓸한 내 마음을
언제나 비추어주는 밝고 환한 보름달

「우리가 눈발이라면」 | 108쪽 |

▶ 내가 눈발이라면 나는 '진눈깨비'일까요? '함박눈'일까요? 내가 '따뜻한 함박눈'이었을 때
를 더듬더듬 기억해 내어 두세 줄의 짧은 글로 써 볼까요? 내가 누군가에게 도움이 되었던 때
를 떠올려 보면 쉽게 쓸 수 있을 거예요.

나는 진눈깨비처럼 살아온 것 같아 좀 찔리기는 하지만 그래도 따뜻한 함박눈이었을 때를 생각
하다보니까 있기는 있는 것 같다. 초등학교 5학년 때 할머니가 끌고 가는 손수레를 친구랑 같이
밀어준 적이 있으니까. 아 맞다. 길 잃은 강아지의 주인을 찾아 준 일도 있다.

「새로운 길」 | 110쪽 |

▶ 중학교에 입학하여 새로운 길을 걷는 여러분의 심정을 글로 써 봅시다.

집에서 5분도 안 되는 거리에 위치한 초등학교는 눈을 감고도 갈 수 있을 만큼 익숙하고 친근한
곳이다. 하지만 중학교는 버스 타는 것과 걷는 것을 합쳐 30분이 넘게 걸리는 거리에 있다. 중
학교에 입학해 보니, 교실도 친구도 선생님도 교과목도 학교 가는 길도 모두 낯설다. 윤동주 시
인의 시를 읽으며 '언제나 새로운 길'이라는 말이 마음에 쿵 와 닿았다. 낯선 것에 대한 호기심과
설레는 마음은 하루하루 내가 살아가는 삶에 재미를 주고, 앞으로 펼쳐질 중학교 생활에 대한 희
망을 갖게 한다.

「딱지」

▶ 지금까지 살아오면서 내가 누군가의 마음에 딱지를 달아 준 경우는 없었을까요? 혹여 내가 아무렇게나 한 말이나 행동이 다른 사람 마음에 딱지를 달아 준 적은 없었는지 생각해 보는 시간을 가져 보면 좋겠습니다. 미안한 마음도 전하면서요.

외할머니랑 사는 친구한테, "엄마 아빠랑도 같이 안 사는 게 끼불고 있어!"라고 말한 적이 있다. 나중에 사과를 하기는 했지만 지금도 그때를 생각하면 자꾸 미안한 생각이 든다. 언젠가 "야, 공부도 못하는 게 어디서 나서! 넌, 빠져!"라는 말을 듣고는 며칠 동안 입맛도 없고 잠도 못 잤던 때도 생각난다. 앞으로는 말이나 행동을 함부로 하지 말아야겠다.

「너에게 묻는다」

▶ 자신에게 의미 있는 깨달음을 주었던 대상을 주변에서 찾아보고, 그 대상의 입장에서 한 편의 시를 써 봅시다.

너에게 묻는다

휴지통 함부로 발로 차지 마라
너는
누구에게 한 번이라도 가장 낮은 사람이었느냐

「신문지 밥상」

▶ "또, 폰 만지냐?" "어디서 또박또박 말대꾸야!" 이런 말 말고 엄마가 해 준 말 중에 가장 기억에 남는 말을 한번 써 보기로 해요. 엄마 말이 아니어도 좋아요. 지금 나를 돌봐 주는 분의 말 중에 기억에 남는 말을 써 보아요.

"비록 우리 집으로 넘어온 것이라 하더라도, 남의 것은 호박잎 한 장 욕심내지 말거라."

「세상에서 가장 따뜻했던 저녁」 | 118쪽 |

▶ 지금껏 살아오면서, 내가 친구에게 했던 행동 중에 가장 따뜻한 행동을 떠올려 볼까요?

다리를 다쳐서 깁스를 한 친구의 가방을 대신 메 주었다.

영진이의 고장 난 자전거를 얼떨결에 고쳐 주었다.

사실은 나도 좀 추웠는데 몸살감기에 걸린 지우에게 내 잠바를 벗어 주면서 나는 괜찮다고 했다.

「시험 망쳤어」 | 120쪽 |

▶ 여러분은 시험을 망친 경험도 있겠지만 생각보다 시험을 잘 봤던 경험도 분명 있을 것인데요. 시험을 의외로 잘 봤을 때는 언제이며 어떤 기분이 들었는지 세 줄 내외로 써 볼까요.

국어 시험 범위에 시가 들어 있어서 국어 성적은 기대도 안 하고 있었다. 무슨 말인지도 잘 모르겠고 무슨 문제가 나올지도 모르겠어서 머리가 꽉 막힌 기분이었다. 그런데 막상 시험을 보고 나니 딱 세 문제만 빼고 다 맞은 거였다. 그때 나는 교실 천장을 뚫고 올라갈 만큼 기분이 엄청 좋았다.

「우리말 사랑 1」 | 122쪽 |

▶ 우리말 사랑을 강조하는 것은 사회가 아무리 변한다 해도 변함없이 중요합니다. 우리말을 살려 쓸 수 있는 방법을 다양하게 생각해 보고, 자신이 할 수 있는 우리말 사랑법을 실천해 봅시다.

- SNS에서 친구들과 바른 우리말을 사용하기
- 수첩을 이용해 나만의 우리말 사전을 만들기
- 상품 이름이나 거리의 간판 등을 아름다운 우리말로 쓰는 노력하기
- 학교 게시판을 이용하여 살려 써야 할 우리말을 꾸준히 알리기
- 학교 안팎에서 열리는 한글날 행사에 관심을 갖고 참여하기
- 표준어 규정, 맞춤법 규정, 표준 발음 규정, 외래어 표기법 같은 국가 차원의 규범을 알고자 노력하고, 규범에 맞는 언어 생활을 위해 노력하기
- 정부나 지도자의 위치에 있는 사람들이 먼저 우리말을 바르게 쓰는 모범을 보이기

「눈 오는 마실」 | 125쪽 |

▶ 「눈 오는 마실」을 읽고 나면 눈 오는 시골 마을의 풍경이 그려집니다. 머릿속에 떠오르는 풍경을 떠올린 후, 그림으로 표현해 봅시다.

「제주 잠녀」 | 128쪽 |

▶ 「제주 잠녀」에서 시인은 제주 잠녀를 꽃에 비유하고 있습니다. 그런데 마지막 연에서 "검질긴 그 삶이/면도날 스미듯 가슴 아리다"라고 표현한 이유는 무엇일까요?

잠녀(해녀)는 바다 한복판에서 피어나는 꽃이라고 비유된다. 결코 꽃이 필 수 없는 환경인 바다 위의 꽃이 되기까지 잠녀의 삶은 너무나 힘겹다. 턱밑까지 올라온 숨을 참으며 물질을 하고 고통과 한숨을 이겨 내며 자식들과 제주도를 살린 잠녀들의 눈물겨운 삶이, 너무 측은하고 가여워 화자의 마음이 애처롭고 애틋하다는 것이다.

「까마귀 싸우는 골에」 | 133쪽 |

▶ 내가 만일 엄마라면 내 아들딸이 어떤 것만은 좀 하지 않았으면 좋겠다고 생각할까요. 자식을 키우는 부모 입장이 되어서 내가 뭘 하지 않길 바랄지 한번 생각해 봐요.

제발, 피시방 좀 그만 가기를 바랄 것 같다.
말을 툭툭 쏘면서 하는 말대꾸를 그만하기를 바랄 것 같다.
혹시라도 담배 같은 것을 하게 될까 봐 걱정할 것 같다.
친구랑 다투거나 싸우지 않기를 바랄 것 같다……

「까마귀 검다 하고」 | 135쪽 |

▶ 「까마귀 검다 하고」의 화자는 까마귀와 백로를 겉모습만 보고 판단하는 것이 잘못되었다고 말합니다. 그래서 겉과 속이 다른 백로를 비판하고 자신의 행동이 정당했음을 주장합니다. 이 시조에서 '겉 희고 속이 검다.'는 것은 무슨 뜻일까요?

고려 왕조를 지키려는 고려의 신하들은 겉보기에는 우아하게 흰 털을 자랑하는 지조 있는 백조처럼 보인다. 하지만 사실은 역사의 흐름을 외면하고 새로운 세상을 준비하지 못하는 사람들임을 간접적으로 비판한 것이다.

중1
소설

1. 고무신 | 38~39쪽 |

1. 다음은 남이의 옥색 고무신에 얽힌 이야기를 정리한 것이다. 이야기의 흐름에 따라 차례대로 번호를 써 보자.

> ① 남이가 추석 선물로 받은 옥색 고무신을 애지중지함.
> ② 엿장수가 남이를 보기 위해 철수네 집 앞을 기웃거림.
> ③ 영이와 윤이가 옥색 고무신으로 엿을 바꿔 먹음.
> ④ 남이가 아버지를 따라 옥색 고무신을 신고 떠남.
> ⑤ 신을 찾기 위해 남이가 엿장수를 만남.
> ⑥ 남이가 떠나는 것을 엿장수가 울음고개 위에서 바라봄.

① → (③) → (⑤) → (②) → (④) → ⑥

2. 다음은 결말 부분이다. 울음고개 위에서 떠나는 남이를 바라보는 엿장수의 심정을 생각해 보고, 엿장수를 위로하는 편지를 써 보자.

보리밭 사이 조그만 언덕길로 옥색 고무신을 신은 남이는 갔다. 자지내 골짜기로 꽃놀음을 가는 줄만 알았던 남이가 난데없이 영감 하나를 따라가고 있는 광경을 엿장수는 울음고개 위에서 멀거니 바라보고 있는 것을 남이 자신이야 알 리도 없었다.

엿장수에게

엿장수님~ 고무신 사건으로 만난 남이에게 첫눈에 반하셨나 봐요. 영이와 윤이한테 엿도 챙겨 주시고, 혹시 남이를 만날 수 있을까 철수네 문 앞에서 애타는 마음으로 지켜보셨죠? 그런 남이가 시집을 가게 되다니, 그것도 갑자기…… 좋아하는 마음을 전할 기회도 갖지 못했는데, 너무 아쉬운 마음이 크실 것 같아요. 남이가 떠난 지금 힘든 마음이 크시겠지만 사람의 인연은 또 모르는 것이니 힘내시길 바랍니다.

따뜻한 마음을 담아 ○○ 드림.

3. 다음은 이 작품에 대한 다양한 감상이다. 자신의 의견과 가장 가까운 의견을 골라 자신의
   생각을 덧붙여 보자.

수지 남이 주변을 뱅뱅 돌면서도 속마음 한 번 털어놓지 못하고 남이가 딴 데로 시집 가는 것
을 지켜보기만 하는 엿장수를 보니 답답한 마음이 들어.

동원 그래. 소설 속 배경이 되는 시대에는 남녀 사이에 사랑의 감정을 표현하는 것이 참 소극
적이었나 봐. 요즘에는 자신의 감정을 솔직하게 말하면서 쿨하게 만나고 헤어지는 것이 어색
하지 않은데 말이지.

윤아 남이와 엿장수의 이야기만 보면 그래. 하지만 작품 속 문장들을 살펴보면 또 다른 재미가
있어. 봄이라는 계절감이 잘 드러나도록 묘사한 부분들이 무척 인상적이야. 섬세하고 아름다
운 표현으로 햇살 가득한 따스한 봄날이 머릿속에 그려져.

인성 맞아. 나이 많은 어른들은 이 작품에서 예전의 향수를 떠올릴 수 있지 않을까? 이 작품을
통해서 각박한 도시에서 컴퓨터 게임에만 빠져 사는 요즘 청소년들에게 흙냄새, 사람 냄새 나
는 푸근한 인정을 느끼게 해 줄 수 있을 것 같아.

나는 동원이의 의견에 동감해. 남이가 사는 곳을 도둑처럼 기웃거리기만 하고, 정작 남이에게는
한마디 말도 못 건넨 엿장수가 답답했어. 말로 표현하지 않으면 다른 사람의 마음을 어떻게 다
알겠어? 이심전심이라는 말도 서로 친해지고 나서 가능한 것이지. 아마 남이는 엿장수가 자신을
연모하는 사실을 잘 몰랐을지도 몰라. 엿장수가 남이에게 자신의 감정을 솔직하게 전달했다면
남이가 자신의 아버지에게 사실대로 말하고 떠나지 않았을 수도 있지 않을까?

2. 연 | 49~50쪽 |

1. 연을 날리는 아들과 그 연을 바라보는 어머니의 심정은 각각 어떠했을지 써 보자.

연을 날리는 아들의 심정	아들이 날리는 연을 바라보는 어머니의 심정
나도 저 연처럼 더 넓은 곳 세상으로 나가고 싶다.	떠나고 싶은 마음을 다스리며 연을 날리는 아들이 안쓰럽다.

2. 도회지로 간 아들은 어떻게 되었을까? 뒷이야기를 상상해 보자.

아들은 도시에서 낮에는 일을 하고 저녁에는 열심히 공부해 성공하게 된다. 성공해서 고향으로
돌아온 아들을 어머니는 반갑게 맞이한다.

3. 다음 '예시'를 참고하여 소설 속 어머니 입장이 되어 아들에게 보내는 네 줄 시를 완성해
보자.

(예시)
나는 이 세상에 나서

나는 이 세상에 나서
네가 제일 아팠다
나는 이 세상에 나서
네가 떠나 제일 기쁘다

4. 소설의 내용을 바탕으로 소설 속의 어머니와 아들은 무엇에 비유할 수 있는지 다음을 완성
   해 보자.

   소설 속의 어머니는(나무)다.
   이유는(언제나 그 자리에서 기다리기) 때문이다.

   소설 속의 아들은(바람이)다.
   이유는(언제든 떠날 수 있기) 때문이다.

3. 헤살 | 62~63쪽 |

1. 이 작품의 내용을 바탕으로 빈칸에 적절한 단어를 써 보자.

> 소년이 개울을 건너
> 는 것을 힘들어 함.

→

> 소년이 주머니 속 호두, 대추,
> 흰 조약돌과 책보 안 저고리를
> 개울에 던짐.

→

> 소년이 징검다
> 리를 건넘.

2. 이 작품은 황순원의 소설 「소나기」의 후속 이야기이다. 소년의 삶에 '소녀의 죽음'이 어떤
   의미가 있을지 생각해 보며 다음 질문에 답해 보자.

황순원의 「소나기」 줄거리

서울에서 이사 온 소녀와 시골에 살고 있던 소년이 개울가에서 만난다. 소년과 소녀는 산으
로 함께 놀러 갔다가 갑자기 내린 소나기를 피하며 더욱 가까워진다. 소녀네가 이사를 한다는
소식을 듣고 소년은 주머니 속 흰 조약돌을 만지며 개울가에서 소녀를 그리워한다. 어느 날 소
녀를 만나 대추 선물을 받고 소년도 소녀를 위해 호두를 따서 기다리지만 결국 전해 주지 못하
고 잠결에 부모님을 통해 소녀가 죽었다는 소식을 듣게 된다.

　○ 소년이 주머니 속에 호두, 대추, 흰 조약돌을 간직한 이유는 무엇일까?

　죽은 소녀와의 추억이 담긴 물건이라 소중히 간직하기 위해서, 죽은 소녀에 대한 그리움 때문에.

　○ 소년이 소녀와 관련된 물건을 버리고 나서야 개울을 건널 수 있었던 이유는 무엇일까?

　소년은 소녀가 죽고 나서 몸과 마음이 모두 아프고 힘들었다. 시간이 흐른 뒤 소녀와의 추억이
　담긴 물건들을 다 떠나보내고 나서야 스스로 아픔을 극복하고 소녀와의 이별을 받아들일 수 있
　었기 때문이다.

3. 소년처럼 힘들고 어려웠던 일을 극복했던 자신의 경험에 대해 이야기해 보자.

  ○ 힘들고 어려웠던 나의 경험 :

겁이 많아서 혼자서 자전거를 타지 못했던 내가 처음으로 자전거 타기에 성공했을 때

  ○ 경험을 통해 내가 깨달은 점 / 경험을 통한 나의 변화 :

겁이 많았던 나는 넘어지는 것이 무서워 자전거를 타지 못했다. 방과 후에 친구들이 즐겁게 자전거 타는 모습을 보고 속상한 마음이 들었다. 그래서 나는 용기를 내서 자전거 타는 연습을 하게 되었다. 여러 번 넘어지고 작은 상처들도 얻게 되었지만 드디어 중심 잡기에 성공한 후 혼자서 자전거를 탈 수 있게 되었다. 자전거 타기를 통해 두려움을 극복할 수 있었고, 나도 무언가 할 수 있다는 성취감과 자신감을 갖게 되었다.

4. 보리 방구 조수택 | 76~78쪽 |

1. 소설의 내용을 바탕으로 '조수택'이란 인물에 대해 파악해 보자.

• 외모의 특징은?
머리에는 기름이 흐르고 비듬이 덕지
덕지 붙어 있다. 손톱 밑은 새까맣고
잠바 소맷부리는 때에 절어 번질대고
몸에서는 시궁창 냄새가 난다.

• 하는 일은?
석간신문을 배달함.

• 별명은?
보리 방구

• 학교에서 수택이의 모습은?
늘 혼자 지냄.

• 그 별명은 얻은 이유는?
늘 보리밥을 먹었기 때문이다.

2. 윤희는 어릴 적 수택이와 관련된 경험을 소설로 써 작가가 되었다. 다음은 기자와의 인터뷰 내용이다. '윤희'의 입장이 되어 기자의 질문에 답해 보자.

기자
수택이와 처음 짝이 되었
을 때 심정은 어땠나요?

윤희

바로 짝을 바꿔 달라고 말하고 싶었어요. 하지만 '착한 어린이 상'
을 탄 입장이라 대놓고 싫어하는 눈치를 보일 수는 없었지요.

기자
수택이의 보리밥 위에 왜 깍
두기를 얹어 주었나요?

윤희

제가 싸 온 깍두기는 빨갛고 먹음직스러웠어요. 하지만 수택
이의 깍두기는 허연색이었지요. 맛있는 깍두기를 먹어 보게
해 주고 싶은 마음에 제 깍두기를 얹어 주었지요. 뭔가 잘못한
아이처럼 씹지도 못하고 먹는 수택이가 안쓰럽기도 했어요.

기자
수택이가 준 신문을 왜 난
로 속에 던져 버렸나요?

윤희
아이들이 수택이와 제가 사귄다고
놀리는 바람에 너무 화가 났거든요.

3. 윤희가 깍두기를 수택이의 보리밥 위에 올려 준 날 수택이가 쓴 일기를 완성해 보자.

19**년 *월 *일
아이들은 나를 싫어한다. 하지만 이번에 짝이 된 윤희는 달랐다.

다른 친구들은 나랑 짝이 되면 싫은 눈치를 준다. 그러면 나는 선생님께 맨 뒷자리로 보내 달라고
말씀드려서 자리를 옮기곤 했다. 그런데 이번 짝 윤희는 달랐다. 나를 싫어하지 않았다. 오늘은 내
도시락에 깍두기를 올려 주기까지 했다. 나는 윤희가 준 빨간 깍두기를 다섯 번에 나눠서 꼭꼭 씹
어 먹었다. 정말 고마웠다. '착한 어린이상'을 받은 아이라 역시 다르다. 나에게도 친구가 생기는
걸까? 윤희한테 나도 무언가를 주고 싶다. 내일부터 내가 배달하는 신문을 윤희한테 주어야겠다.

4. 어른이 된 윤희가 수택이에게 보내는 편지글을 써 보자.

수택이에게

수택아 안녕? 나 초등학교 동창 윤희야. 나에게 매일 신문을 주었잖아. 기억나니? 철없던 시절
너한테 상처를 준 일을 나는 지금도 잊지 못하고 있단다. 너한테 꼭 사과하고 싶어서 편지를 써.
네가 나에게 준 신문을 나는 아이들과 네가 보는 앞에서 난로에 넣어 버렸어. 너도 그날을 기억
할거야. 나는 너의 떨리는 어깨와 축 늘어뜨린 뒷모습을 아직도 기억해. 미안해 친구가 되어 주
지 못해서……. 지금 생각해 보니 나는 착한 어린이가 아니었어. 너를 놀리는 아이들과 똑같이
굴었으니……. 미안하고 또 미안해.

—윤희가—

5. 야, 춘기야 | 96~98쪽 |

1. 다음 왼쪽의 단어를 활용하여 이 소설의 줄거리를 정리해 보자.

| 춘기 | 나는 자신을 '춘기'라고 부르는 엄마와 종종 말다툼을 해서 불편하고 짜증날 때가 많다. |

↓

| 염색 | 나는 엄마 몰래 윤선이와 머리 염색을 하고, 그 모습을 본 엄마는 화를 내며 휴대 전화를 압수한다. |

↓

| 외할머니 | 외할머니에게서 엄마의 어린 시절 이야기를 들은 후 엄마에게도 나와 같은 시절이 있었음을 알게 된다. |

↓

| 초록 껌 | 내가 좋아하는 초록 껌을 건네는 엄마에게 마음이 풀린 나는 엄마와 함께 공원으로 운동을 하러 간다. |

2. '나'는 외할머니를 통해 엄마의 성장 과정에 숨겨진 비밀을 알게 된다. 그 후 서로를 이해하게 된 엄마와 '나'의 속마음을 상상해 보자.

'춘기'로 불리는 '나'	엄마의 '춘기' 시절
• 엄마 허리띠를 몰래 차고 다니거나 엄마 샌들을 끌고 학교에 감. • 엄마 몰래 염색을 함. • 커피를 마시고 매니큐어를 바름.	• 중학교 때 연탄집게 달궈서 머리를 파마하다가 태워 먹음. • 남학생들이랑 빵집으로 들판으로 극장으로 돌아다님. • 할머니가 엄마의 일로 학교에 불려 감.

'엄마'

아, 나도 우리 딸 같은 시절이 있었지. 파마하다 머리도 태워 먹고, 남학생들과 빵집도 다니고. 그 시절에는 하고 싶은 일들이 얼마나 많았던지. 예린이한테 어른들 말 잘 듣고 열심히 공부만 했다고 늘상 말했는데 우리 엄마 덕에 다 들통났네. 호호~ 우리 딸이 누구를 닮았나 했더니 나를 닮았었네.

'나'

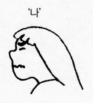

하하~ 엄마도 나와 같은 시절이 있었다니……. 회사에 영어 학원에 운동까지 열심히 다니면서 바쁘게 사는 엄마를 보면 항상 나랑 너무 다르다고 생각했는데, 엄마도 사춘기 시절엔 나랑 비슷했었나 봐. 그때 그 시절의 엄마를 상상하니 피식피식 웃음이 나.

3. 만약 지금 내가 어른이 된다면 무슨 일을 해 보고 싶은지 이야기해 보자.

   만약 지금 내가 어른이 된다면?

   1. 친구들과 함께 1박 2일 여행을 떠나고 싶다.
   2. 집에서 독립해 혼자 살아 보고 싶다.
   3. '청소년 이용 불가'로 정해진 게임을 하거나 영화를 보고 싶다.

4. 부모님에 대한 불만이나 갈등이 있을 때, 이를 해결하기 위해 자신이 할 수 있는 바람직한 방법과 노력을 이야기해 보자.

   ○ 부모님에 대한 불만이나 갈등이 있었던 나의 경험 :

   나는 휴대 전화 사용과 관련해서 부모님과 갈등이 많다. 수시로 나에게 오는 문자나 '카톡'에 대해 부모님은 불만이 많으시다. 나에게는 친구들과의 연락이 무엇보다도 중요하지만, 부모님은 공부에 방해가 된다고 생각하신다.

   ○ 불만이나 갈등을 해결하기 위해 자신이 할 수 있는 바람직한 방법과 노력 :

   1. 부모님에게 휴대 전화를 통한 친구들과의 연락이 왜 중요한지 충분히 이야기하는 시간을 갖는다.
   2. 부모님과 상의 후 나만의 휴대 전화 사용 규칙을 정해 본다.

6. 하늘은 맑건만 | 121~122쪽 |

1. 이 소설 속의 사건 순서대로 문기의 감정 막대 그래프를 그려 보자.

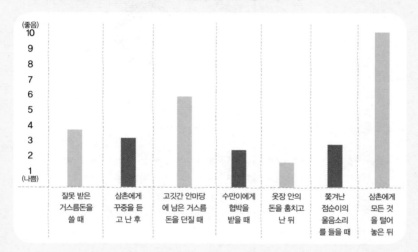

2. 병원에 입원한 문기에게 갈등을 해결할 수 있는 약 봉투가 전달되었다. 약 봉투에는 어떤
약이 들어 있을지 상상하여 그 이름을 적어 보자.

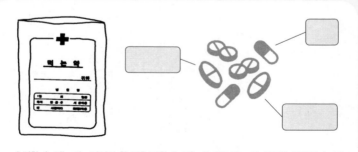

솔직할 수 있는 약, 자신이 한 일을 말할 수 있는 용기를 주는 약, 정직을 실천할 수 있는
약, 양심을 속이지 않는 약.

3. 이 소설의 마지막 부분에서 문기가 하늘을 떳떳이 쳐다보며 무슨 생각을 했을지 상상하여 적어 보자.

솔직히 말하니 정말
속이 후련하다.

4. 다음을 참고하여 거짓말과 관련된 나만의 명언을 만들어 보자.

• 모든 거짓 중에서 으뜸가는 가장 나쁜 것은 자기 자신을 속이는 일이다. – **P. 베일리**
• 거짓말은 그 자체가 죄일 뿐만 아니라 정신까지도 더럽힌다. – **플라톤**
• 거짓말은 눈덩이와 같아 굴릴수록 점점 커진다. – **마틴 루터**
• 거짓말쟁이가 받는 가장 큰 벌은 그 사람이 진실을 말했을 때에도 다른 사람들이 믿어 주지 않는 것이다. – 『탈무드』

○ 거짓말에 대한 나의 명언
모든 거짓은 처음에는 남을 속이는 것 같지만 결국 나를 잃게 만든다.

7. 자전거 도둑 | 148~149쪽 |

1. 작품의 내용을 바탕으로 등장인물의 성격을 정리해 보자.

수남이	얼마나 고마운 주인 영감님인가. 이런 고마운 어른을 위해 그까짓 세 사람이 할 일 혼자서 못 할까고 양팔의 근육이 팽팽히 긴장한다.	순수하고 부지런하며 긍정적이다. 자신이 맡은 일에 최선을 다한다.
주인 영감	"누가 뭐 사람 더 쓰기 싫어 안 쓰나. 어디 사람 놈 같은 게 있어야 말이지. 깡패 놈이라도 걸려들어 봐. 우리 수남이가 물든다고." "잘했다, 잘했어. 맨날 촌놈인 줄만 알았더니 제법인데 제법야."	이기적이고 탐욕적이다. 비양심적이고 인색한 사람이다.
신사	"안 되겠네. 요런 악질 깡패 녀석하고 시비해 봤댔자 공연히 시간만 낭비지. 자네 자물쇠 하나 마련해다 주게. 이 녀석 자전걸 잡아 놓기로 하세."	자신의 이익만을 생각하고 남의 처지를 배려하지 않는다. 이기적이고 몰인정한 사람이다.
아버지	"무슨 짓을 하든지 그저 도둑질만은 하지 말아라. 알았쟈."	양심적이고 도덕적이다.

2. 자전거를 들고 도망친 수남이의 행동에 대해 지지와 비판의 입장에서 이야기해 보자.

(1) 지지의 입장 : 남의 물건을 훔친 것은 아니므로 도둑질이 아니다.

수남이의 자전거가 넘어진 것은 고의가 아닌 바람으로 인한 것이므로 수남이는 죄가 없다. 그리고 아무리 자신의 자동차에 흠집이 났더라도, 남의 자전거에 무조건 자물쇠를 채운 신사의 행동은 옳지 않은 행동이다. 또한 주인아저씨가 시킨 일을 하기 위해 자전거를 사용한 것이므로 수리

비를 내더라도 주인아저씨가 지불해야 한다. 결론적으로 수남이가 자전거를 가지고 왔지만 이는 어쩔 수 없는 상황에서 벌어진 일로 도둑질을 한 것은 아니다.

(2) 비판의 입장 : 남의 자동차에 흠을 내고도 수리비를 물어 주지 않은 것은 나쁜 짓이다.

자전거가 바람으로 인해 넘어졌다고 해도 좀 더 조심해서 자전거를 세워 두지 않은 것은 관리를 소홀히 한 수남이의 책임이다. 수남이는 자신의 자전거가 신사의 자동차에 흠집을 냈음에도 수리비를 물어 주지 않고 자전거를 가지고 도망을 쳤다. 그리고 나중에는 고향으로 돌아갔는데 이러한 행동은 문제를 해결하려고 하지 않고 도망친 무책임한 행동이다. 자신의 잘못을 책임지려 하지 않고 회피하려고만 했다는 점에서 수남이의 행동은 문제가 있다.

3. 「자전거 도둑」의 바탕글을 활용하여 낱말 퍼즐을 풀어 보자.

¹도	매	²상			³학	²⁰대
둑		⁴회	⁵의	⁶실		롱
⁷질	⁸풍		심			대
	¹⁰차	체				롱
¹¹페			¹³체			
가			¹⁴육	친	¹⁵애	
¹⁶수	남	이			¹⁷정	녕
¹⁸스	타		¹⁹야	학		

【가로 열쇠】

1. 물건을 모개로 파는 장사. ↔ 소매상
3. 몹시 괴롭히거나 가혹하게 대우함.
4. 모여서 의논하는 곳.
7. 몹시 빠르고 세게 부는 바람.
10. 차량의 몸체.
14. 부모, 형제의 사랑.
16. 「자전거 도둑」의 주인공.
17. 조금도 틀림없이 꼭.
18. 높은 인기를 얻는 연예인이나 운동선수.
19. 밤에 공부함. 또는 '야간 학교'를 줄여 이르는 말.

【세로 열쇠】

1. 남의 물건을 빼앗거나 훔치는 짓.
2. 상호의 끝부분을 이루어 상점 또는 회사임을 나타내는 말.
5. 확실히 알 수 없어서 믿지 못하는 마음.
8. 바람의 힘을 기계적인 힘으로 바꾸는 장치.
11. 그리스 신화에 나오는 날개 돋친 천마.
13. 건강한 몸과 온전한 운동 능력을 기르는 일.
15. 사랑하는 정.
20. 작은 물건이 매달려 늘어진 채로 가볍게 흔들리는 모양.

8. 할머니를 따라간 메주 | 172~173쪽 |

1. 이 작품의 내용을 바탕으로 빈칸에 적절한 단어를 써 보자.

> 아파트에서 (메주)를 만드는 할머니와 이를 못마땅하게 여기는 엄마 사이에서 (갈등)이 생긴다. '나'는 할머니와 엄마를 화해시키기 위해 (된장찌개)를 열심히 먹는다. 하지만 할머니는 도시가 답답하다며 (시골)로 내려간다. 주말에 할머니가 계시는 시골집으로 내려가 보니 뒤껼에 크고 작은 (항아리)가 늘어서 있다. 그날 저녁 온 가족이 함께 (된장찌개)를 맛있게 먹는다.

2. 메주를 중심으로 이 작품에 등장하는 할머니와 엄마 사이의 갈등 원인을 파악하고 '나'는 어떤 노력을 했는지 써 보자.

할머니의 행동	엄마의 생각
• 장을 담그기 위해 아파트에서 메주를 만듦. • 메주를 매달기 위해 베란다에 못질을 함. • 옛날 방식을 고집함.	• 아파트에서 메주를 만드는 것은 어려운 일이고, 장을 사먹을 수 있다고 생각함. • 메주를 매달기 위해 베란다에 못을 박는 것을 못마땅하게 생각함.

○ 할머니와 엄마 사이의 갈등 해결을 위한 '나'의 노력 : 자신이 된장을 좋아한다면 엄마와 할머니의 사이가 좋아질 것이라는 생각으로 된장찌개를 먹고 싶다고 말하고, 자꾸자꾸 떠먹으려고 노력함.

3. 다음은 이 작품을 읽은 두 학생의 반응이다. 이를 참고하여 작품 속 할머니의 행동에 대한 나의 생각을 정리해 보자.

A 학생: 시대가 바뀌면 사람들이 사는 방식도 변화하게 마련이야. 바쁜 현대 사회를 살아가는 우리가, 오랜 시간을 투자해서 메주를 만들고, 장을 담그는 할머니의 행동을 이해하기 어려워. 메주는 만들기도 힘들고 메주를 띄울 때 냄새도 고약한데, 공동 주택에서 생활하는 우리가 자칫 이웃에게 피해를 줄 수도 있어. 고추장, 된장 등은 이제 손쉽게 사 먹을 수 있는 식품이 되었는데, 그걸 꼭 불편하게 직접 만들어 먹어야 할까?

B 학생: 시대가 변해도 달라지지 않는 것이 있어. 가족을 아끼고 사랑하는 마음. 가족의 건강보다 중요한 것이 어디 있겠어? 우리 가족이 먹는 것이니 조금 수고스럽더라도 시간과 정성을 들여 내 손으로 직접 만들어야 한다는 할머니의 마음을 모르겠니? 사람을 소중히 여기는 마음과 음식 안에 깃든 우리 조상들의 정신을 생각한다면, 메주를 띄우고 장을 담그는 할머니의 심정을 조금을 이해할 수는 있을 것 같아.

○ 할머니의 행동에 대해서 나는 이렇게 생각해.

세상이 편리해져서 된장, 고추장을 손쉽게 사 먹을 수 있게 되었다지만, 그렇다고 할머니가 옛날 방식으로 손수 빚은 장맛에 비할 수 있을까? 옛 방식을 고집하는 할머니의 입장이 충분히 이해돼. 하지만 아파트 벽에 못을 박는 것을 반대하는 어머니의 입장도 이해가 안 가는 건 아니야. 결국 시골로 내려가 마음껏 장을 만들기로 한 할머니의 선택이 현명했던 것 같아.

9. 소를 줍다 | 211~212쪽 |

1. 이 소설에는 주워 온 소에 대한 '나'와 아버지의 생각이 다르게 나타난다. 이에 대해 아래와 같이 정리할 때, 빈칸에 들어갈 내용을 적어 보자.

'나'		아버지
소는 (주운) 사람이 주인임		소는 (주인)을 찾아 주어야 함.

2. 소가 말을 할 수 있다면 동맹이와 헤어지면서 뭐라고 했을지 상상해 보자.

소 : 죽을 뻔했는데 구해 주고 잘 키워 줘서 고마워. 동맹아.

동맹이 : 네가 있어서 정말 매일매일이 기뻤어.

소 : 나도 동맹이가 있어서 매일이 행복했어.

동맹이 : 원래 주인은 어떠셔? 잘해 주셔?

소 : 좋은 분이셔. 그런데 네가 보고 싶어.

동맹이 : 조금만 더 기다려. 너를 꼭 데려올 거야. 이제 넌 우리 가족이나 마찬가지야.

3. 자신이 생각하는 「소를 줍다」의 최고의 한 장면을 그려 보고, 작품명과 작품에 대한 설명을
   적어 보자.

최고의 한 장면 그리기	
작 품 명	미안하다 아들아
작품 설명	소를 찾아오지 못한 아버지가 아들에게 느낄 미안함과 정이 든 소를 찾아오지 못한 슬픔을 표현하였다.

4. 소는 '나'와 아버지가 정성 들여 돌보는 소중한 존재이다. 나에게도 이 소설의 소와 같은 존
   재가 있으면 소개하고, 소중한 이유를 적어 보자.

   ○ 내가 정성 들여 돌보는 소중한 것은? 우리집 반려견 똘이

   ○ 소중한 이유는? 새끼 때부터 키워 정이 많이 들었고, 내가 집에 올 때면 항상 나를 반겨
   준다. 같이 있으면 즐겁고 행복하다.

10. 동백꽃 | 228~230쪽 |

1. 소설의 내용을 바탕으로 사건을 정리해 보자.

오늘 (현재)	'나'가 나무를 하러 갈 때, 점순이가 (닭싸움)을 시킴.
나흘 전 (과거)	점순이가 준 (감자)를 거절함.
사흘 전 (과거)	점순이가 '나'의 (닭)을 괴롭히고 욕을 함.
어제 (과거)	'나'가 닭에게 (고추장)을 먹이고 닭싸움을 붙임.
지금 (현재)	나무를 하러 다녀와서 점순네 닭을 때려죽임.

2. 점순이의 속마음을 파헤쳐 보자.

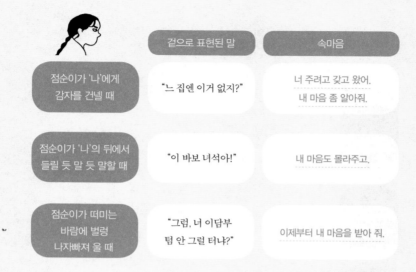

	겉으로 표현된 말	속마음
점순이가 '나'에게 감자를 건넬 때	"느 집엔 이거 없지?"	너 주려고 갖고 왔어. 내 마음 좀 알아줘.
점순이가 '나'의 뒤에서 들릴 듯 말 듯 말할 때	"이 바보 녀석아!"	내 마음도 몰라주고.
점순이가 떠미는 바람에 벌렁 나자빠져 울 때	"그럼, 너 이담부 텀 안 그럴 터냐?"	이제부터 내 마음을 받아 줘.

3. '나'와 점순이의 사랑은 이루어질 수 있을까, 없을까? 그렇게 생각한 이유를 소설의 내용과
   관련지어 적어 보자.

   ○ '나'와 점순이의 사랑은 이루질 수 있다.

   적극적인 점순이의 성격 덕분에 신분의 벽을 넘어서 사랑을 이룰 수 있다.

   ○ '나'와 점순이의 사랑은 이루질 수 없다.

   신분 차이로 인한 부모의 반대로 사랑을 이룰 수 없다.

4. 다음은 1952년에 왕문사에서 간행한 『동백꽃』의 표지이다. 이 소설을 요즘 독자의 감각에
   맞게 제목을 바꾸고 표지도 새롭게 만들어 보자.

내가 만든 제목과 책 표지

중1
수필

1. 내 생애 가장 ○○했던 순간: 사진·그림 곁들여 글쓰기

살다 보면 잊을 수 없는 순간들이 있죠? 그 순간을 글로 남겨 두면 언제든지 펼쳐 볼 수 있는 자신만의 소중한 추억이 됩니다. 나에게 소중하고 의미 있던 순간들을 떠올려 보고 글로 써 봅시다.

(1) 자신에게 소중하고 의미 있던 순간을 떠올려 보고, 〈보기〉 중에서 글감 하나를 골라 봅시다.

〈보기〉

내 생애 가장 행복했던 순간, 내 생애 가장 찬란했던 순간, 내 생애 가장 슬펐던 순간, 내 생애 가장 기뻤던 순간, 내 생애 가장 우울했던 순간, 내 생애 가장 좌절했던 순간, 내 생애 가장 벅찼던 순간, 내 생애 가장 불안했던 순간 등

내가 고른 글감: 내 생애 가장 ○○했던 순간

(2) 내가 고른 '내 생애 가장 ○○했던 순간'을 주제로 사진이나 그림을 곁들여 글을 써 봅시다.

[학생 예시 글 1]

내 생애 가장 우울했던 순간 김미현(학생)

　사람들에게는 저마다의 상처와 아픔이 있다. 겉으로 들춰내 봤자 자신에게도, 타인에게도 좋을 것이 없으니 가리고 다니는 것뿐이지 모두가 숙명처럼 짊어지고 있는 것이 '우울'이다. 나 또한 우울했던 순간들이 많고, 가장 우울했던 순간을 뽑으라면 망설임 없이 말할 수 있다. 진지하게 더 이상 살고 싶지 않다는 생각이 들었을 때. 그래서는 안 된다는 걸 잘 알고 있지만, 정말 힘들 때는 자각을 하지 못한다.

　지금보다 더 어렸을 적에는 세상이 마냥 밝고 재밌는 곳인 줄로만 알았다. 어느새 중학교 1학년이 되어 주변을 둘러봤을 때는 나를 누르고 있는 요소들이 너무나도 많더라.

　"특목고가 좋니 일반고가 좋니……."

　"선행은 어디까지 나갔니?"

"지금부터 대입을 바라보면서 공부해야 해."

마음 편히 놀던 초등학생 때와는 180도로 달라진 상황에 그저 당황스러울 뿐이었다. 게다가 아무것도 하기 싫어지는 무기력증, 반항심이 생기는 사춘기까지 합세하여 공부와는 점점 멀어지게 되었다. 힘든 나머지 몇 달 동안 학원을 안 다니게 되었는데, 얼마나 행복했는지 모른다. 마음고생이 심했던 작년 당시에는 완전히 우울증 걸린 사람처럼 지냈다. 다른 사람들은 잘 지내는데 나만 이런 건가, 나 자체에 문제가 있는 건가……. 모든 화살을 나에게로 돌리니 더 힘들었다. 좋지 않은 상황이 계속되니 더 이상 살고 싶지 않다는 생각이 자꾸만 들어 하염없이 울기만 했다. 이러면 안 된다는 걸 알면서도 끝없이 추락했다. 아무런 생각도 희망도 없었다.

하지만 인간은 적응의 동물이라고. 이런 생활이 지속되어 조금씩 익숙해지고 있을 때쯤, 한 번만 용기를 내어 보자는 생각이 들었다. 주변 가까운 사람들에게 털어놓았더니 심심한 위로를 건네 오는데 그렇게 고마울 수가 없었다. 그제서야 하나를 알았다. 왜 이렇게 살아야 하는지는 모르겠지만, 죽지 못할 이유가 많다는 것을. 주변에는 나를 좋아해 주는 사람들이 있고, 그 사람들과 어울리는 것이 더할 나위 없이 좋다. 밖으로 다니다 보니 새로운 취미도 생겼는데, 바로 노래방에 가서 신나게 노는 것과 공연·뮤지컬을 보는 것이다. 스트레스를 풀 탈출구가 생기니 현실이 아무리 힘들어도 예전만큼 괴로워하지는 않는다.

나 스스로 무언가를 해결했다니 안 믿기기도 하고 뿌듯하기도 하다. 그렇지만 내가 지나온 곳은 아직 1단계라는 걸 잊어서는 안 된다. 고등학생이 되어서도, 어른이 되어서도 나를 쫓아올 것이고 그때마다 좌절해 있을 수는 없다. 아픔을 바탕으로 더욱 단단해져 다시 어려운 순간이 찾아와도 죽지 말고 건강하게 살기를. 나를 비롯한 모든 사람들에게 말하고 싶다.

내 생애 가장 심장이 터질 것 같았던 순간 권현아(학생)

안녕! 내가 잊어버리기 전에 너에게 해 주고 싶은 이야기가 있어. 한번 들어 봐. 8월의 뜨거운 금색 햇빛을 받으며 설레고 기대하는 마음으로 뮤지컬 「나폴레옹」을 보러 갔어. 이 뮤지컬은 처음으로 내 의지로 고른 뮤지컬이었어. 내가 직접 고르니까 더 기대되고 빨리 가고 싶었지. 도착해서 자리에 앉는데, 기분이 설레는 건 맞는데, 조금 다른? 약간 토할 것 같은 느낌? 이건 '긴장'인데, 사실 긴장인 거 알고 나서 좀 어이없긴 했는데, (내가 공연하는 것도 아닌데) 실감은 났어. 무엇보다 내가 정말 좋아하는 뮤지컬 배우가 나온다기에 미리 찾아 봤었는데 정장 입고 노래 부른 영상 하나가 떠서 봤더니, 가사가 완전 내 취향이어서 정말 마음에 들었거든. 뮤지컬 시작하고서는 그 노래 언제 나오나…… 하면서 기다리고 있었다니까?

어쨌든 시작할 때 검은 화면에 나폴레옹의 모자가 바닥에 있고 탈레랑이 나와서, "나의 작은 거인이여!!" 하고 불 꺼지고 쾅! 하며 '탈레랑이 얘기하는 나폴레옹의 이야기'가 시작되는데! 기대돼서 어찌나 두근거리던지!(탈레랑은 권력 욕심 많은 정치가야.) 그리고 내가 가장 사랑했던 장면은, 미리 찾아본 그 장면인 1막에서 탈레랑의 부추김을 노래한 '내가 혁명이다'야. 흔들리는 나폴레옹과 그를 부추기는 탈레랑의 달콤한 말들, 그를 막으려는 동생 뤼시앙! 탈레랑이 나폴레옹을 부추기는 번지르르한 말이 탈레랑의 성격을 보여 주는 느낌이 들고, 그걸 들은 나폴레옹의 변화가 너무 좋더라! 반란을 결심한 나폴레옹에게 탈레랑은, "영광스런 첫걸음, 황제 폐하 만세!!!" 하고 고개를 숙이며 그 장면이 끝나는데, 완전 좋아! 미리 찾아본 노래가 언제 나오나 기다리고 있었는데, 그 장면이 나오니까 화면으로만 보던 걸 내가 드디어 직접 보는구나 해서 너무 두근거려서 심장이 터질 것 같더라. 그 상황, 멜로디, 갈등, 서로 말하는 대사 표현도 격정적인 느낌이라서 좋았어.

　진짜로 못 잊을 것 같아. 끝나고 커튼콜 없어서, 진짜 슬프더라. 그래도 인사할 때 난 혼신의 힘을 다해 2층에서 나 홀로 기립 박수를 쳤으니 됐어, 난 만족해! 이런 멋진 뮤지컬을 볼 수 있다는 것에 의미를 두자 뮤지컬 끝나고 여운이 너무 강하게 남아서 슬프고 행복하고 애절한 상태로 나와서 나폴레옹 관련 책자도 사고. 너무 재밌게 봤거든. 책자를 보니까 나폴레옹이 영웅인가 독재자인가 쓰여 있더라. 영웅? 독재자? 의견은 각자 다르겠지? 관점이 다르니까.

그럼, 너는? 어떻게 생각해?

[학생 예시 글 3]

내 생애 가장 설레면서 불안했던 순간 류기학(학생)

　나는 원래 중학교 들어오고 1년 좀 안되게 미술을 했었다. 내가 원하던 것은 그 당시에 느낀 나의 감정이나 생각하는 것들을 마음 가는 대로 그려 내는 것이었으나 현실은 조형물을 정해진 기법으로 그려 내는 것의 반복이었다. 그렇게 미술에 대한 불만이 쌓여 가고 있을 때 나는 한 친구를 만나게 되었다. 원래 힙합 음악을 깊게 좋아하고 있었는데, SNS를 하던 중 좋아하던 인디 뮤지션의 사진을 프로필로 쓰던 옆 학교 친구와 친해지게 되었다. 항상 아닌 척했지만 음악을 하고 싶었던 우리는 그저 그것을 마음속에 담아 두고 지냈다. 그러던 중 난 싫증을 느낀 미술을 그만두게 되었다. 미술이 한두 푼 드는 것이 아니므로 부모님께 말하기 망설였지만 나중에 가서 후회하기가 너무 싫었기 때문에 솔직하게 말했다. 이렇게 미술을 그만두고 그 친구와 생산적인 것을 해 보자라고 이야기했고, 부모님한테도 솔직히 말하여 현재 난 작곡을 배우고 있고, 그 친구는 랩을 배우고 있다.

난 이 선택을 내린 순간을 내 생애 가장 설레면서 불안했던 순간으로 뽑고 싶다. 말 그대로 내가 좋아하는 것을 한다는 설렘과 반항기 가득한 음악을 한다는 주변의 선입견, 재능 있는 사람들만 성공한다는 예술 자체의 특성과 공부가 아닌 다른 진로를 선택했다는 시선들이 날 불안하게 만들었다. 내가 이쪽 길로 가게 된다면 잘 해낼 수 있을까, 몇 년 후 이런 결정을 내린 나를 원망하지는 않을까 하는 생각들이 마구 밀려왔다. 반대로 내가 원하는 것을 하게 됐으니 어려움이 닥쳐도 잘 이겨 내고 좋은 결과를 얻을 수만 있을 것 같다는 생각들도 하게 되었다. 이 선택은 미래를 좌우할 중요한 선택이기도 했지만, 내가 처음으로 의미 있는 용기를 낸 순간이기도 하다. 나에게 음악은 텔레비전에 나오는 사람들이 하는 먼 이야기로 느껴졌지만, 용기가 부족할 뿐이지 꿈은 멀리 있는 것이 아니라는 것을 깨달았다. 그래서 난 앞으로 하고 싶거나 원하는 게 생긴다면 용기를 가지고 어떤 상황이든지 부딪혀 볼 것이다.

이 그림은 내가 진로를 바꾸고 그린 그림이다. 밑에는 심장 박동을 형상화한 나의 과거이고, 위에는 나무를 형상화한 나의 미래이다. 수많은 나뭇가지들은 여러 가지 경우의 수를 나타내고, 굵은 가지로 금이 간 하트는 설렘과 불안이 공존하는 마음을 표현했다. 여러 갈래로 뻗어 나간 나뭇가지처럼 나의 미래도 확신할 수는 없지만 지금 이 순간, 자신의 마음이 향하는 곳으로 가면 나만의 나무를 멋지게 그려 낼 수 있을 것이다.

2. '나 나 나'를 소개합니다!: 우리 모둠을 소개하는 글쓰기

글쓰기의 출발점은 바로 나 자신을 세상에 내어놓는 것입니다. 나를 드러내기 위해서는 우선 나 자신에 대해서 알아야겠죠? 내가 누구인지 탐색해 보고, 모둠을 만들어 다음 활동을 해 봅시다.

(1) 4~5명이 한 모둠을 만들고, 엽서 크기의 종이에 자신을 소개하는 글을 써 봅시다. 이때 자신을 나타내는 그림이나 사진을 넣을 수 있습니다.

(2) 모둠원이 쓴 글을 A3나 B4 용지에 합쳐서 우리 모둠을 소개하는 글을 완성하고 발표해 봅시다.

[A모둠원 예시 글·그림]

이하빈   이윤성   남다름   최지유

안녕! 나는 **이하빈**이야. 나는 세 자매 중 막내야. 막내라고 이쁘다지만 사람들이 그냥 하는 말인 걸 알 수 있을 정도의 외모와 동시에 적당히 친구 서너 명 있는 성격이라고 상상하고 이 짧은 글을 읽어 줘. 먼저, 학생이니까 성적 얘기를 하자면 성적은…… 별로 안 좋아. 친구들한테 무시당

하는 성적이야. 내가 신경을 안 쓰는 척하면서 멍청이 역할을 맡아. 상처 많이 받고 혼자 슬퍼하다 잊어버려ㅎㅎㅎ. 갑자기 생각난 건데, 행복하려면 기억력이 안 좋은 게 필요한 것 같아. 내가 그래서 행복한 걸 거야. 아! 난 좋아하는 게 정말 많아. 조금만 맘에 들어도 내 마음속에 저장하는 느낌이라 엄청 싫어하는 게 아니면 모두를 사랑한다고 봐도 나쁘지 않아. 나중에 평범한 외모에 평범한 성격인 사람이 친구 서너 명과 같이 걸어가고 있으면 인사해 줘. 친구 하자! 내가 좋아해 줄게! 안녕!

안녕? 나는 **이윤성**이야! '진실로 윤'에 '정성 성'! 엄청 도덕적으로 살아야 할 것 같아. 나는 남동생이 한 명 있어. 그리고 나는 푸른색을 좋아해. 특히 슬로우블루! 조금 특이하지만 내가 가장 좋아하는 동물은 해치야. 정의를 추구하는! 멋지지 않아? 정의롭지 못한 사람을 뿔로 받아 버린대. 나도 그렇게 정의롭게 살고 싶어. 내 장래 희망은 인공 지능 전문가야. 세계적인 IT 기업에서 일하고 싶어. 지금은 관련 분야의 기사 스크랩을 열심히 하고 있어. 앞으로 인공 지능 디프러닝 알고리즘에 대해 열심히 공부하려고. 전망이 밝은 직업이면서 나랑 잘 맞는 것 같아. 하지만 그만큼 경쟁력이 높으니 열심히 해야겠지? 앞으로 더 노력해서 내 이름을 널리 알리고 싶어. 정의로운 사람으로도.

안녕, 나는 **남다름**이야! 의령 남 씨에 '많을 다', '늠름할 름' 자를 써. 직역하든 의역하든 '많이 늠름함'이라는 뜻이야. 뜻은 조금 억지 부린 감이 있지만, 나는 내 이름이 엄청 마음에 들어. 이름처럼 늠름하게 살지는 않는 것 같아. 나는 내가 비관적이라고 생각해. 매사에 비관적으로 생각하는 부분 때문에 삶이 순탄치 않다고 느끼는 것 같아. 그래도 내가 생각하는 나의 성격의 장점은 남의 말을 별로 신경 쓰지 않는 것이야. 요즘 사람들은 남의 말을 신경 써서 받는 스트레스가 엄청나다고 하지만, 나는 다른 사람들이 나에 대해서 어떻게 말을 하든 간에 별로 신경 쓰지 않아.(물론 받아들여야 할 건 받아들여!) 그리고 나는 회색을 좋아해. 검정색과 하얀색을 좋아해서 그 둘을 섞은 색을 좋아하는 거지만······. 또 나는 고양이를 정말 사랑해. 우리 집 고양이는 러시안블루인데 아직 7개월밖에 안 됐어! 정말 귀엽겠지······. (정말) 보여 주고 싶지만 닳을까 봐 못 보여 주겠다. 나는 일식을 최고로 좋아해. 그중에서도 초밥! 가끔 마트에서 초밥을 사서 고양이랑 나눠 먹어. 기분 좋을 땐 가르릉거리는 소리를 내. 가만히 빵처럼 앉아서 야옹거리고 가르릉거리는 것만 봐도 내 기분이 좋아져. 내가 고양이를 볼 때의 기분처럼만 삶을 살았으면 좋겠어!

안녕? 나는 최지유야. 내 특기를 써 보려고 했는데 막상 쓰려니 잘 생각이 안 나서 친구한테 물어보니까 체육을 잘한대. 공부 중에선 영어를 잘하고 발표 점수도 잘 받아. 난 특히 성격이 특이한데, 우선 감정 기복이 심해. 기분이 좋을 땐 목소리도 커지고 별로 웃기지도 않은 얘기에도 웃고 옆의 사람이 피곤해질 정도인데 안 좋을 땐 말수도 확 줄고 피로가 막 쌓이는 느낌이야. 그래도 내 방에 누워서 좋아하는 가수 노래도 들으면서 혼자 있다 보면 금방 나아져. 이 시간을 방해하는 걸 진짜 싫어하는데 대부분 우리 동생이 그래. 원래부터 남이랑 뭔가 공유하는 걸 싫어했는데 동생이 내 방에도 들어오고 내가 뭔가 할 때마다 옆에 붙어 있어서 많이 싸워. 가족 중에선 나랑 개그 코드가 맞는 엄마가 제일 친해. 응원도 제일 많이 해 주고. 친구 관계에 대해서도 말해보자면 친구는 깊고 좁게 사귀는 편이야. 그래서 그런가? 사람 많은 곳을 가는 걸 싫어해. 외출할 때도 정말 맘먹고 나가고. 사람 자체를 싫어하는 건 아니야. 특히 예쁘고 귀여운 사람이 정말 좋아. 지금 이런 두서없는 글이 나온 이유는 이게 지금 외롭고 뭔가 재밌는 게 필요한 내 상태를 나타내기 때문이야. 글 자체가 날 표현하는 거지.

[B모둠원 예시 글 · 그림]

안녕, 나는 개미야. 나는 항상 다른 개미들에게 뒤처지지 않게 열심히 일을 해. 사실, 열심히 한만큼 결과가 나오지는 않아. 그래도 결과가 좋아지기 위해 항상 노력하고 있어. 나는 다른 개미

들보다 마음이 여리고 쉽게 상처를 받아. 내 단점이라고 할 수 있지. 그래도 뭐든 완벽하게 하기 위해 성실하게 일한다는 점이 나의 가장 큰 장점 같아!

안녕! 나는 **악어**야. 내가 얼굴이 긴 것도 악어와 닮았지만 무엇보다 악어가 먹잇감을 놓지 않는 것처럼 일을 시작하면 절대 포기하지 않아. 나는 이게 나의 큰 장점이라고 생각해. 이런 태도는 내가 목표를 달성하는 데 큰 도움이 돼. 가끔은 이런 나 때문에 힘들기도 하지만 다 경험이 되는 것 아니겠어? 나는 또, 악어처럼 남들을 아프게 하기도 해. 일부러 그러는 것은 아니지만 가끔은 나도 모르게 말을 험하게 해서 친구들의 마음을 상하게 하기도 해. 내가 가장 먼저 고쳐야겠다고 생각하는 나의 단점인데 줄어들고는 있지만 쉽지는 않더라고. 나는 다른 악어들처럼 한번 물면 놓지는 않아. 나는 그래도 평화주의적 악어야!

안녕, 나는 **강아지**야. 나는 사람을 참 좋아해. 사람을 너무 좋아해서 누군가와 함께 있을 때 제일 행복하고, 내게 다정한 사람을 만나면 그 사람만 기다리기도 해. 그만큼 쉽게 상처받기도 하지만 그래도 난 모든 사람들과 친해지려고 노력하는 편이야! 내가 다른 강아지들처럼 놀기만 하고, 잠만 자는 건 아니야. 중요한 일이 닥치면 나는 주인 없는 집을 지키듯 무섭게 긴장하고 집중해. 그 일이 끝나고 나서야 마음을 놓지. '할 땐 하고 놀 땐 논다.'가 내 장점이라고 할 수 있어. 난 삶에 강한 집착이 있어. 내가 하고 싶은 일을 하며 좋은 주인을 만나 오래오래 살고 싶어.

안녕, 나는 **붉은 여우**야. 'sly fox.' 그래 맞아. 나는 좀 교활해! '교활하다'를 긍정적으로 말하면 '똑똑하다'겠지? 나는 잔머리도 잘 굴려서 잘 안 혼나고, 좀 똑똑한 편인 것 같아. 그리고 눈치가 빨라! 상황 파악을 굉장히 잘해. 그래서 피해를 끼치지 않아. 난 예민한 편이야. 긍정적인 면은 섬세하고 완벽을 추구하는 편이야. 그러나 부정적인 면은 걱정이 많고 상처도 겉모습과는 달리 잘 받아. 스스로를 힘들게 하는 타입이지. 나는 길고 날씬한(?) 동물이야. 눈매도 조금 올라가 있어서 차갑고 다가가기 힘들게 생겼다는 말을 들어ㅜ.ㅜ 그래서 호감을 주려고 노력해. 한마디로 붉은 여우인 나는 좀 교활하고, 예민하고, 외모도 장단점을 가진 양면성이 있는 동물인 것 같아!

안녕! 나는 **나무늘보**야! 나는 평소에 너무 조용하고, 침착하고, 여유로워서 애들이 나보고 나무 늘보래. 근데, 나무늘보가 암것도 안 할 것 같지만, 그건 또 아니다! 나는 그래도 할 일은 다 끝내 는 성격이거든. 다른 동물들이 서두를 때, 나는 나무 위에서 뒹굴기도 하고, 산딸기를 따 먹기도 하면서 한눈팔다가 흙탕물에 빠지기도 하고, 딴 길로 새다가 해가 뉘엿뉘엿 질 즈음 도착하기도 해. 그래도 굉장히 성실하고 착한 성격이야. 근데 너무 조용한 성격 때문에 친구들이 살짝 불편 해하기도 해. 그래도 어느 정도 친해지고부터는 엄청 친하게 지내는 성격이어서 오랜 친구들이 많아. 다만, 낯을 좀 심하게 가려서 친해지기까지는 기간이 좀 오래 걸려.

1. 정보 예측해 보기와 질문 대답하기

(1) 다음은 앞에서 읽은 글에 달린 '작은 제목'들입니다. 해당 부분에 어떤 내용이 담겨 있을지 예측하여 말해 봅시다.

① 은행 문이 안쪽으로 열리는 까닭 (101쪽)
은행은 도둑이나 강도로부터 고객의 돈을 보호해야 하니까, 문도 보안을 위해 중요하게 설계되었다는 이야기가 나오겠지.

② (소나기가 내린 후) 왜 개울물이 금방 불어났을까 (111쪽)
소나기가 내리고 개울물이 빠른 시간 안에 불어나는 것은 우리나라의 하천 지형과 밀접한 관련이 있다는 말이 나올 거야.

③ (1000년 후) 인류 문명은 희미하게 흔적만 남는다 (123쪽)
인류의 화려했던 문명이 사라지고 난 뒤 지구에는 어떤 생태계가 살아남을까 이야기할 것 같아.

④ 신세대 모기 퇴치법 (148쪽)
살충제를 뿌려서 모기를 쫓아내지 않고, 모기가 좋아하는 것을 제거하거나, 싫어하는 것을 활용해서 모기를 물리치는 방법이 나오지 않을까?

(2) 앞에서 읽은 내용을 떠올리며 다음 질문에 대한 대답을 적어 봅시다.

① 남을 돕는 고래가 모두 다친 고래의 가족이거나 가까운 친척만은 아닐지도 모르는 까닭은 무엇일까? (「고래들의 따뜻한 동료애」)

고래는 아프거나 힘든 친구를 혼자 등에 업고 그가 충분히 기력을 되찾을 때까지 떠받치고 있거나, 곁에서 기다려 주는 속성을 가지고 있기 때문이다.

② 건강한 똥은 냄새가 별로 나지 않고, 나더라도 독하지 않다고 하는데, 그 까닭은 무엇일까? (「건강, 똥에게 물어봐!」)

작은창자가 제 기능을 다하여 분해된 음식물의 영양소를 잘 흡수하면, 큰창자로 보내진 찌꺼기에 영양분이 거의 없어 발효가 잘되지 않기 때문에 냄새가 약하거나 별로 나지 않게 된다.

③ 「별주부전」의 토끼가 깊은 물속을 마음대로 돌아다니고도 살아 돌아올 수 있었던 것은 상상 속에서 가능한 것이지 실제로는 불가능한 근거는 무엇일까? (「토끼는 용궁에서 살아 돌아올 수 있었을까」)

지상의 동물들과 마찬가지로 토끼는 물속에서 호흡할 수 없는 신체 구조를 가지고 있고 압력 때문에 깊은 물속까지 잠수를 할 수는 없기 때문이다.

④ 남극과 북극 가운데 어디가 더 추울까? 그 근거는 무엇일까? (「남극과 북극, 어떤 점에서 다를까」)

육지는 바다에 비해 쉽게 데워지고 쉽게 식는다. 남극은 이러한 육지가 밑에 있어서 한겨울에 해당하는 8월 말 무렵이면 높은 곳에서는 기온이 영하 70도 가까이 내려간다고 한다. 반면에, 북극은 주변에 있는 바다와 해류의 영향을 받는다. 얼음덩어리보다 상대적으로 온도가 높은 바다에서 상승하는 따뜻한 공기 때문에, 겨울에는 최저 기온이 영하 30~40도까지 내려가지만 여름에는 영상 10도 정도로 비교적 따뜻하다. 따라서 남극이 훨씬 춥다.

2. 정보를 요약하며 읽고, 정보에 대한 자기 의견 쓰기

정보 설명을 목적으로 하는 글을 읽을 때는 글쓴이가 무엇에 대해서 말하고 있는지 따라가면서 중요 단어나 핵심어 또는 핵심 문장을 찾아야 합니다. 문장과 문장, 문단과 문단의 관계를 살피는 것도 정보를 요약할 때 중요합니다. 다음 글을 읽고 물음에 답해 봅시다.

라면을 맛있게 끓이는 방법 이원재 (학생)

라면을 맛있게 끓이는 방법을 한마디로 말하기는 어렵다. 그렇지만, 차근차근 따져 보면 그 방법을 찾을 수 있다. 먼저, 많은 종류의 라면 가운데 자기 입맛에 맞는 것을 골라야 한다. 싱거운 맛을 좋아할 때와 매운맛을 좋아할 때 고르는 라면은 다르다. 동네 가게에 가서 라면이 놓인 곳을 둘러보고 그 라면이 어떤 맛을 내는지 살펴보도록 한다. 그리고 자기 입맛은 누구보다 자신이 잘 알기에, 자신의 입맛에 가장 잘 맞는 라면을 골라야 한다.

라면을 고른 뒤에는 집에 와서 물을 끓인다. 냄비에 물을 붓고, 가스렌지에 올려서 스위치를 넣으면 물이 끓는다. 이때 물을 냄비에 어느 정도 부어야 하는가는 중요하다. 라면마다 물의 정량이 봉지 뒤에 적혀 있는데 이를 잘 지켜야 한다. 물이 넘치거나 모자라면 그만큼 라면 맛이 달라지기 때문이다.

물을 잘 맞추어 놓고 물이 펄펄 끓을 때까지 스프를 비롯해서 넣을 것을 골고루 챙겨야 한다. 이때 스프 말고도 양파, 마늘, 달걀 등 넣을 것을 잘 준비해야 한다. 먹는 사람 입맛에 맞는 것을 넣어야 맛이 살아난다. 시원한 국물을 좋아하는 사람은 김치 같은 것을 적당히 넣으면 좋다. 라면의 순한 맛을 즐기는 사람은 두부를 넣어서 순한 라면을 즐기기도 한다.

이렇게 끓은 물에 라면과 스프, 그 밖의 것을 넣은 뒤, 3~4분 정도 더 끓이면 드디어 한 그릇의 라면이 완성된다. 이렇게 완성된 라면을 앞에 놓고 감사하는 마음으로 한 젓가락도 허투루하지 않고 먹는 것도 중요하다.

(1) 설명하고자 하는 정보를 중심으로 앞의 글을 요약해 봅시다. (200자 이내)

라면을 맛있게 끓이려면 먼저, 자기 입맛에 맞는 라면을 골라야 한다. 물을 끓일 때, 라면마다 정해진 물의 정량을 잘 지켜야 한다. 물을 잘 맞추어 놓고 물이 펄펄 끓을 때까지 스프를 비롯해서 넣을 것을 골고루 챙겨서, 먹는 사람 입맛에 맞는 것을 잘 골라 넣어야 맛이 살아난다. 이렇게 완성된 라면을 감사하는 마음으로 먹는 것도 중요하다.

(2) 글쓴이가 설명하는 방법 말고, 내가 아는 '라면을 맛있게 끓이는 법'에 대하여 글로 써 봅시다.

예시 답안1
집에 오니 아빠가 나한테 "야, 민수야, 어제 텔레비전에서 본 '집밥 선생 라면 만들기'처럼 비빔 라면 좀 끓여 먹을래?" 하길래 그러자고 했다. 아빠는 나한테 비빔 라면 세 개를 꺼내 오라고 시켰다. 비빔 라면을 끓일 때는 일단 냄비에 물을 넣고 끓이는데 물은 어차피 버리는 것이니 양은 중요하지 않다. 대신 라면 말고 다른 양념 재료를 준비해서 넣는 것이 좋다. 아빠는 양파, 콩나물, 고추장, 참기름을 꺼내서 한 숟가락씩 넣는 것을 좋아한다. 라면 면발과 콩나물이 충분히 익으면 이제 준비한 양념을 넣는다. 양파를 넣고, 스프를 넣고, 고추장, 마지막으로 참기름을 얹는다. 그러고는 모든 양념 재료를 젓가락으로 비비는데, 골고루 잘 섞이도록 해 주어야 한다. 아빠는 늘 여기서 자기만의 비법이라면서 콧노래를 부르며 비비는데 나는 그게 좀 그렇다. 이렇게 완성한 비빔 라면을 앞에 놓고 아빠와 낮에 학교에서 있었던 이야기를 하면서 먹다 보면 이게 최고의 라면 요리라는 생각이 든다.

예시 답안2
나는 글쓴이와 조금 다르게 내가 직접 경험한 라면 끓이는 법을 소개하겠다. 작년 여름 방학 때, 아빠와 엄마, 누나와 같이 떠난 가족 캠핑에서 내가 끓인 라면을 소개하겠다. 더운 여름날 저녁 한밤중에 모닥불 앞에 둘러 앉아 이야기를 나누다가 출출해서 아빠와 라면을 끓이기로 했다. 큰 냄비에 매운 라면 네 봉지를 넣고, 집에서 가져온 신 김치를 가득 넣고, 5분 넘게 끓였다. 멸치도 넣고, 순한 맛 고추도 넣고 끓인 라면. 그 라면을 먹을 때 하늘에 떠 있는 별빛이 우리를 내려다보면서 비춰 주었다. 우리 네 식구는 지금 먹는 라면이 세상에서 가장 맛있는 라면이라고 서로 이야기를 나누었다. 그래서 나는 가족과 함께 여행을 떠나서 분위기에 맞게 끓이는 게 라면을 맛있게 끓이는 최고의 방법이라고 생각한다.

중1

국어 교과서
수록 작품 보기

9종 중학교 국어 교과서 1-1, 1-2 수록 작품 보기

| 시 |

작가	작품	수록 교과서
길상호	바람이 들렀던 집	미래엔(신유식) 1-1
김광렬	제주 잠녀	미래엔(신유식) 1-1
김영랑	오—매 단풍 들겠네	미래엔(신유식) 1-1, 천재(노미숙) 1-2
김용택	이 바쁜 때 웬 설사	교학사(남미영) 1-1
김장호	그 한마디 말	교학사(남미영) 1-1
문무학	품사 다시 읽기	금성(류수열) 1-2
박명자	눈 오는 마실	미래엔(신유식) 1-1
박목월	여우비	미래엔(신유식) 1-1
서동균	봄	미래엔(신유식) 1-1
서정숙	빗방울 2	천재(노미숙) 1-1
서정홍	우리말 사랑 1	동아(이은영) 1-2
신경림	동해 바다	천재(박영목) 1-2
안도현	너에게 묻는다	천재(박영목) 1-1
안도현	우리가 눈발이라면	동아(이은영) 1-1, 비상(김진수) 1-1
영천 이 씨	까마귀 싸우는 골에	금성(류수열) 1-1
오규원	포근한 봄	지학사(이삼형) 1-1, 천재(노미숙) 1-1
오세영	별처럼 꽃처럼	교학사(남미영) 1-1, 천재(노미숙) 1-1
오세영	유성	비상(김진수) 1-1

작가	작품	수록 교과서
윤동주	새로운 길	천재(노미숙) 1–1, 창비(이도영) 1–1
윤동주	서시	미래엔(신유식) 1–1, 지학사(이삼형) 1–2
윤동주	해비	미래엔(신유식) 1–1
윤선도	오우가	동아(이은영) 1–1, 비상(김진수) 1–1, 천재(박영목) 1–1
이삼남	교실	금성(류수열) 1–1
이시영	성장	교학사(남미영) 1–1, 금성(류수열) 1–2
이응인	수박끼리	금성(류수열) 1–2
이장근	나는 지금 꽃이다	창비(이도영) 1–1
이장희	봄은 고양이로다	동아(이은영) 1–1, 비상(김진수) 1–1
이준관	딱지	천재(노미숙) 1–2
이직	까마귀 검다 하고	교학사(남미영) 1–1, 금성(류수열) 1–1
정일근	신문지 밥상	금성(류수열) 1–1
정진아	가을볕	금성(류수열) 1–2
정진아	참 힘센 말	천재(박영목) 1–2
정현정	나무들의 목욕	천재(박영목) 1–1
정현종	떨어져도 튀는 공처럼	금성(류수열) 1–1
정호승	고래를 위하여	미래엔(신유식) 1–1
정호승	풀잎에도 상처가 있다	비상(김진수) 1–2
최승호	북	금성(류수열) 1–1
하상욱	선풍기 바람	미래엔(신유식) 1–1

작가	작품	수록 교과서
하상욱	시험 망쳤어	미래엔(신유식) 1-1
허영자	유년의 날	미래엔(신유식) 1-1
홍랑	묏버들 가려 꺾어	지학사(이삼형) 1-1

| 소설 |

작가	작품	수록 교과서
구병모	헤살	금성(류수열) 1-2
권정생	강아지 똥	교학사(남미영) 1-2
김려령	완득이	지학사(이삼형) 1-2
김옥	야, 춘기야	창비(이도영) 1-1
김유정	동백꽃	동아(이은영) 1-2, 비상(김진수) 1-1
박완서	자전거 도둑	교학사(남미영) 1-1, 금성(류수열) 1-1, 비상(김진수) 1-1
배유안	품사 구우 쟁론기	지학사(이삼형) 1-1
오승희	할머니를 따라간 메주	지학사(이삼형) 1-1
오영수	고무신	천재(박영목) 1-1
오영수	요람기	동아(이은영) 1-2
원유순	복슬복슬 강아지풀	미래엔(신유식) 1-1
위기철	아홉 살 인생	미래엔(신유식) 1-1
유은실	보리 방구 조수택	미래엔(신유식) 1-1
이금이	나이에 관한 고찰	창비(이도영) 1-1
이금이	너도 하늘말나리야	미래엔(신유식) 1-1

작가	작품	수록 교과서
이금이	촌놈과 떡장수	교학사(남미영) 1-2
이오덕	꿩	천재(노미숙) 1-1
이청준	빗새 이야기	동아(이은영) 1-1
이청준	연	동아(이은영) 1-1
작자 미상	토끼전	교학사(남미영) 1-1, 미래엔(신유식) 1-2
전성태	소를 줍다	비상(김진수) 1-1
주요섭	사랑손님과 어머니	교학사(남미영) 1-2
허균	홍길동전	미래엔(신유식) 1-1, 비상(김진수) 1-1, 지학사(이삼형) 1-1, 천재(박영목) 1-2
현덕	남생이	미래엔(신유식) 1-2
현덕	하늘은 맑건만	미래엔(신유식) 1-2, 지학사(이삼형) 1-2, 창비(이도영) 1-2, 천재(노미숙) 1-1, 천재(박영목) 1-2
황선미	마당을 나온 암탉	지학사(이삼형) 1-1
황순원	소나기	교학사(남미영) 1-2, 금성(류수열) 1-2, 동아(이은영) 1-2, 미래엔(신유식) 1-1, 미래엔(신유식) 1-2, 지학사(이삼형) 1-1, 천재(노미숙) 1-1

| 수필 |

작가	작품	수록 교과서
고현덕 외	남극과 북극, 어떤 점에서 다를까	미래엔(신유식) 1-2
공규택	이타적 디자인으로 사람을 살리다	천재(박영목) 1-2
과학향기 편집부	건강, 똥에게 물어봐!	천재(박영목) 1-1
김산하	더위가 알려 준 진짜 충격	비상(김진수) 1-1
김송기(학생 글)	우리 할머니는 외계인	미래엔(신유식) 1-1
김윤경(학생 글)	목소리	천재(박영목) 1-1
김정훈	인류의 오랜 적, 모기	동아(이은영) 1-1
김정훈	지구에서 인간이 사라진다면	교학사(남미영) 1-2
김초혜	시인 할머니를 만나다	지학사(이삼형) 1-1
남종영	사라져 가는 북극곰	지학사(이삼형) 1-2
박범수	그대로도 괜찮아	금성(류수열) 1-1
박예인(학생 글)	용기 있는 사람만이 꿈을 이룰 수 있다	창비(이도영) 1-1
서거정	닭 타고 가면 되지	천재(노미숙) 1-1
성석제	선물	금성(류수열) 1-1
성석제	어느 날 자전거가 내 삶 속으로 들어왔다	동아(이은영) 1-1
스탠리 코렌	개의 의사소통	창비(이도영) 1-2
신학철(학생 글)	나 이거 참!	창비(이도영) 1-1
신학철(학생 글)	잘생겨서	창비(이도영) 1-1
신현미(학생 글)	'풀'과 우리 반의 짧은 만남	창비(이도영) 1-1
안광복	시간은 어떻게 인간을 지배하게 됐을까?	창비(이도영) 1-1
안소영	책만 보는 바보	미래엔(신유식) 1-1
양귀자	사막을 같이 가는 벗	천재(노미숙) 1-1
엄광용	소에 미친 화가, 이중섭	금성(류수열) 1-1

작가	작품	수록 교과서
유기억	붉은 꽃잎이 아름다운 동백	창비(이도영) 1-1
이광표	조상의 슬기가 낳은 석빙고의 비밀	천재(박영목) 1-1
이덕무	책만 읽는 바보	천재(노미숙) 1-1
이순원	내 마음의 희망등	미래엔(신유식) 1-1
이은희	우리 몸은 단맛을 사랑해	미래엔(신유식) 1-1
이은희	특명! 석유를 사수하라	동아(이은영) 1-2
이재웅	도서관 도서 분류의 비밀	천재(노미숙) 1-1
이재인	은행 문은 왜 안쪽으로 열릴까	지학사(이삼형) 1-1
이정숙	갈팡질팡, 내 마음이 자꾸 변해요	천재(박영목) 1-2
이정현	포기하고 싶을 때 딱 한 걸음만 더 나아가라	지학사(이삼형) 1-2
이철우	관계는 첫인상부터 시작된다	비상(김진수) 1-1
이희수	마을 학교에서 '마을학교'로	비상(김진수) 1-2
장미정	내가 버린 전기·전자 제품의 행방은?	천재(박영목) 1-1
장미정	모두가 즐거운 착한 여행	천재(노미숙) 1-2
장영희	괜찮아	동아(이은영) 1-1, 지학사(이삼형) 1-2
장영희	엄마의 눈물	비상(김진수) 1-2
전국지리교사모임	고추, 김치의 색깔을 바꾸다	교학사(남미영) 1-2
전성수	만화와 포장지도 예술이 되지	천재(노미숙) 1-1
정민	꽃향기를 그린 그림	천재(노미숙) 1-1
정약용	남의 도움만을 기대하지 말라	천재(노미숙) 1-2
정용주	인권이 뭘까요	동아(이은영) 1-1
정주리	맛있는 말들	지학사(이삼형) 1-2
정진권	막내의 야구 방망이	금성(류수열) 1-1

작가	작품	수록 교과서
정채봉	'너는……' 대신에 '나는……'으로 말 트기	금성(류수열) 1-1
정호승	네모난 수박	금성(류수열) 1-2
제인 구달	희망	창비(이도영) 1-2
조지욱	왜 그때 소나기가 내렸을까	동아(이은영) 1-2
조희진	군사들에게 종이 옷을 보낸 인조	천재(노미숙) 1-2
중앙일보 어문연구소	우리말로 바꿔 써요	천재(박영목) 1-2
창비 교과서 집필진	사람들은 왜 모바일 게임을 즐길까	창비(이도영) 1-1
천종호	아니야, 우리가 미안하다	금성(류수열) 1-2
최원석	토끼는 용궁에서 살아 돌아올 수 있었을까	금성(류수열) 1-1
최재천	고래들의 따뜻한 동료애	천재(노미숙) 1-2
최재천	생명의 그물을 함부로 끊지 말아요	지학사(이삼형) 1-1
한기호	로봇도 권리가 있을까	금성(류수열) 1-1